Amoreiras - Telef. 21 381 22 53/4 Fax. 21 381 22 52
Entrecampos - Telef. 21 799 41 94/5 Fax 21 799 41 92
Oeiras Parque - Telef. 21 446 01 53/4 Fax 21 446 01 52
Cascais Villa - Telef. 21 481 83 53/4 Fax 21 481 83 52
bulhosa.liv@mail.telepac.pt

# MIA COUTO

# UM RIO CHAMADO TEMPO, UMA CASA CHAMADA TERRA

romance

**CAMINHO** outras margens 1

autores estrangeiros de língua portuguesa

UM RIO CHAMADO TEMPO, UMA CASA CHAMADA TERRA
Autor: Mia Couto
Ilustração da capa: Naguib,
*Um Rio Chamado Tempo, Uma Casa Chamada Terra,*
pintura, 2002
© Design gráfico: José Serrão
Editorial Caminho, SA, Lisboa — 2002
Tiragem: 25 000 exemplares
Impressão e acabamento: Tipografia Lousanense, L.da
Data de impressão: Agosto de 2002
Depósito legal n.º 183 494/02
ISBN 972-21-1493-X

www.editorial-caminho.pt

*Ao Fernando e à Maria de Jesus, meus pais*
*À Patrícia, minha mulher*
*Ao Madyo Dawany, à Luciana e à Rita, meus filhos*

*No princípio,*
*a casa foi sagrada*
*isto é, habitada*
*não só por homens e vivos*
*como também por mortos e deuses*

(Sophia de Mello Breyner)

# Índice

*Capítulo um*

## NA VÉSPERA DO TEMPO

*Encheram a terra de fronteiras,*
*carregaram o céu de bandeiras.*
*Mas só há duas nações — a dos vivos e a dos mortos.*

(Juca Sabão)

A morte é como o umbigo: o quanto nela existe é a sua cicatriz, a lembrança de uma anterior existência. A bordo do barco que me leva à Ilha de Luar-do-Chão não é senão a morte que me vai ditando suas ordens. Por motivo de falecimento, abandono a cidade e faço a viagem: vou ao enterro de meu Avô Dito Mariano.

Cruzo o rio, é já quase noite. Vejo esse poente como o desbotar do último sol. A voz antiga do Avô parece dizer-me: depois deste poente não haverá mais dia. E o gesto gasto de Mariano aponta o horizonte: ali onde se afunda o astro é o mpela djambo, o umbigo celeste. A cicatriz tão longe de uma ferida tão dentro: a ausente permanência de quem morreu. No Avô Mariano confirmo: morto amado nunca mais pára de morrer.

Meu Tio Abstinência está encostado na amurada, fato completo, escuro envergando escuridão. A gravata cinza semelha uma corda ao despendurão num poço que é o seu peito escavado. Rasando o convés do barco, as andorinhas parecem entregar-lhe secretos recados.

Abstinêncio é o mais velho dos tios. Daí a incumbência: ele é que tem que anunciar a morte de seu pai, Dito Mariano. Foi isso que fez ao invadir o meu quarto de estudante na residência universitária. Sua aparição me alertou: há anos que nada fazia Tio Abstinêncio sair de casa. Que fazia ali, após anos de reclusão? Suas palavras foram mais magras que ele, a estrita e não necessária notícia: o Avô estava morrendo. Eu que viesse, era o pedido exarado pelo velho Mariano. Abstinêncio me instruiu: rápido, fizesse a mala e embarcássemos no próximo barco para a nossa Ilha.

— *E meu pai?* — perguntei enquanto escolhia roupas.

— *Está na Ilha, esperando por nós.*

Depois, o Tio nada mais falou, afivelado em si. Nem se esboçou para me ajudar a empacotar os miúdos haveres.

Fomos, pela cidade, ele um pouco à frente, com seu andar empinado mas tropeçado de salamaleques. Sempre foi assim: ao mínimo pretexto, Abstinêncio se dobrava, fazendo vénia no torto e no direito. Não é respeito, não, explicava ele. É que em todo o lado, mesmo no invisível, há uma porta. Longe ou perto, não somos donos mas simples convidados. A vida, por respeito, requer constante licença.

Os outros familiares eram muito diferentes. Meu pai, por exemplo, tinha a alma à flor da pele. Já fora guerrilheiro, revolucionário, oposto à injustiça colonial. Mesmo internado na Ilha, nos meandros do rio Madzimi, meu velho Fulano Malta transpirava o coração em cada gesto. Já meu Tio Ultímio, o mais novo dos três, muito se dava a exibir, alteado e sonoro, pelas ruas da capital. Não frequentara mais a sua ilha natal, ocupado entre os poderes e seus corredores. Nenhum dos irmãos se dava, cada um em individual conformidade.

O Tio Abstinêncio, este que cruza o rio comigo, sempre assim se apresentou: magro e engomado, ocupado a trançar lembranças. Um certo dia, se exilou dentro de casa. Acreditaram ser arremesso de humores, coisa passatemporária. Mas era definitivo. Com o tempo acabaram estranhando a ausência. Visitaram-no. Sacudiram-no, ele nada.

— *Não quero sair nunca mais.*

— *Tem medo de quê?*

— *O mundo já não tem mais beleza.*

Como aqueles amantes que, depois de zanga, nunca mais se querem ver. Assim era o amuo do nosso tio. Que ele tinha tido caso com o mundo. E agora doía-lhe de mais a decadência desse rosto de quem amara. Os outros riram. O parente sofria de tardias poesias?

— *Você, Abstinêncio, é uma pessoa muito impessoal. Tem medo da vida ou do viver?*

— *Me deixem, irmãos: esta é a minha natureza.*

— *Ou, se calhar, o Mano Abstinêncio não recebeu foi suficiente natureza.*

E deixaram-no, só e único. Afinal, era escolha dele. Abstinêncio Mariano despendera a vida inteira na sombra da repartição. A penumbra adentrou-se nele como um bolor e acabou ficando saudoso de um tempo nunca havido, viúvo mesmo sem ter nunca casado. Houve noiva, dizia-se. Mas ela falecera em véspera. Nessa anteviuvez, Abstinêncio passou a envergar uma tarjeta de pano preto, guarnição de luto sobre a lapela. Todavia, do que se conta, sucedia o seguinte: a pequena tarja crescia durante as noites. Manhã seguinte, o paninho estava acrescido de tamanho, a pontos de toalha. E, no subsequente, um lençol já pendia do sombrio casaco. Parecia que a tristeza adubava os pesarosos panos. Na família houve quem logo encontrasse a adequada conveniência: que ali estava uma manufactura têxtil, motivo não de perda chorosa, mas de ganhos chorudos. Diz-se, sem mais que o dizer.

Não sou apenas eu e o Tio Abstinêncio que atravessamos o rio para ir a Luar-do-Chão: toda a família se estava dirigindo para os funerais. A Ilha era a nossa origem, o lugar primeiro do nosso clã, os Malilanes. Ou, no aportuguesamento: os Marianos.

Nenhum país é tão pequeno como o nosso. Nele só existem dois lugares: a cidade e a Ilha. A separá-los, apenas um rio. Aquelas águas, porém, afastam mais que a sua própria distância. Entre um e outro lado reside um infinito. São duas nações, mais longínquas que planetas. Somos um povo, sim, mas de duas gentes, duas almas.

— *Tio?*

— *Sim?*

— *O Avô está morrendo ou já morreu?*

— *É a mesma coisa.*

A vontade é de chorar. Mas não tenho idade nem ombro onde escoar tristezas. Entro na cabina do barco e sozinho-me num canto. Não importa o rebuliço nem os ruídos coloridos das vendedeiras de peixe. Minha alma balouça, mais murcha que a gravata do Tio. Houvesse agora uma tempestade e o rio se reviravirasse, em ondas tão altas que o barco não pudesse nunca atracar, e eu seria dispensado das cerimónias. Nem a morte de meu Avô aconteceria tanto. Quem sabe mesmo o Avô não chegasse nunca a ser enterrado? Ficaria sobrado em poeira, nuveado, sem aparência. Sobraria a terra escavada com um vazio sempre vago, na inútil espera do

adiado cadáver. Mas não, a morte, essa viagem sem
viajante, ali estava a dar-nos destino. E eu, seguindo
o rio, eu mais minha intransitiva lágrima.

O calor me faz retirar da cabina. Vou para o convés onde se misturam gentes, cores e cheiros. Sento-me na ré, numa escada já sem uso. O rio está
sujo, peneirado pelos sedimentos. É o tempo das
chuvas, das águas vermelhas. Como um sangue, um
ciclo mênstruo vai manchando o estuário.

— *Está livre, esse chãozito?*

Uma velha gorda pede licença para se sentar.
Leva um tempo a ajeitar-se no chão. Fica em silêncio, alisando as pernas. As roupas são velhas, de antigo e encardido uso. Contrasta nela um lenço novo,
com as colorações todas do mundo. Até a idade do
rosto lhe parece minguar, tão de cores é o lenço.

— *Está-me a olhar o lenço? Este lenço fui dada
na cidade. Agora é meu.*

Ajeita uma vaidade na cabeça, saracoteando os
ombros. Depois, fica estudando o Tio Abstinêncio.

— *Esse aí é seu parente?*

— *É meu tio.*

A velha me contempla, então, com cuidado. Seus
olhos se estreitam chinesamente. Em seguida, volta
a olhar Abstinêncio. Compara-nos, sem dúvida. Depois ela me estende o braço, abrindo um sorriso.

— *Me chamo Miserinha. É nome que foi dado,
mas não da nascença. Como esse lenço que recebi.*

De novo, a sua atenção pousa no Tio. Seu olhar
parece mais um modo de escutar. Que seria que
ela retirava de meu parente? Talvez sua definha-
da postura. Sabe-se: a dor pede pudor. Na nossa terra, o sofrimento é uma nudez — não se mostra aos
públicos. Abstinêncio se comporta em sua melancolia. A velha coloca a mão sobre a testa, cortinando

os olhos, atenta aos tintins dos gestos de Abstinência.

— *Esse homem vai carregado de sofrimento.*

— *Como sabe?*

— *Não vê que só o pé esquerdo é que pisa com vontade? Aquilo é peso do coração.*

Explica-me que sabe ler a vida de um homem pelo modo como ele pisa o chão. Tudo está escrito em seus passos, os caminhos por onde ele andou.

— *A terra tem suas páginas: os caminhos. Está me entendendo?*

— *Mais ou menos.*

— *Você lê o livro, eu leio o chão. Agora, mais junto, me diga: o fato dele é preto?*

— *Sim. Não vê?*

— *Eu não vejo cores. Não vejo nenhuma cor.*

Doença que lhe pegou com a idade. Começou por deixar de ver o azul. Espreitava o céu, olhava o rio. Tudo pálido. Depois foi o verde, o mato, os capins — tudo outonecido, desverdeado. Aos poucos lhe foram escapando as demais cores.

— *Já não vejo brancos nem pretos, tudo para mim são mulatos.*

Se conformara. Afinal, não é o cego quem mais espreita à janela? Lhe fazia falta, sim, o azul. Porque tinha sido a sua primeira cor. Na aldeiazinha onde crescera, o rio tinha sido o céu da sua infância. No fundo, porém, o azul nunca é uma cor exacta. Apenas uma lembrança, em nós, da água que já fomos.

— *Agora, sabe o que faço? Venho perto do rio e escuto as ondas: e, de novo, nascem os azuis. Como, agora, estou escutar o azul.*

Miserinha se levanta. O balanço do barco lhe faz tontear o coração. E lá se afasta, passo atordoado.

A gorda mete os pés pelos vãos. Entre a multidão vai perdendo destaque.

Já se vislumbra o contorno escuro da Ilha. O barco vai abrandando os motores. Me deixo, brisa no rosto, a espreguiçar o olhar na ondeação. É quando vejo o lenço flutuar nas ondas. É, sem dúvida, o pano de Miserinha. Um alvoroço no peito: a velha escorregara, se afundara nas águas? Era urgente o alerta, parar o barco, salvar a senhora.

— *Tio, a mulher caiu no rio!*

Abstinêncio fica perturbado. Ele que nunca se alterava ergue os braços, alvoroçado. Espreita as ondas, mãos crispadas na borda da embarcação. Urge que seja dado o alarme. Vou empurrando para me chegar à sala de comando. Mas, logo, alguém me sossega:

— *Não caiu ninguém, foi o vento que levantou um lenço.*

Sinto, então, um puxão no ombro. É Miserinha. A própria, cabeça descoberta, cabelo branqueado às mostras. Se junta a mim, rosto no rosto, num segredo:

— *Não se aflija, o lenço não tombou. Eu é que lancei nas águas.*

— *Atirou o lenço fora? E porquê?*

— *Por sua causa, meu filho. Para lhe dar sortes.*

— *Por minha causa? Mas esse lenço era tão lindo! E, agora, assim desperdiçado no rio...*

— *E depois? Há lugar melhor para deitar belezas?*

O rio estava tristonho que ela nunca vira. Lhe atirara aquela alegria. Para que as águas recordassem e fluíssem divinas graças.

— *E você, meu filho, vai precisar muito de boa protecção.*

Uma gaivota se confunde com o pano, as patas roçando o falso peixe. E logo se juntam outras, invejosas, em barulhação. Quando reparo, já Miserinha se retira, dissolta no meio das gentes.

A Ilha de Luar-do-Chão deve estar a um toque do olhar, tamanha é a agitação. O Tio Abstinêncio se aproxima, endireitando-se solene contra o vento.

— *Estava falando com essa velha?*

— *Sim, Tio. Falava.*

— *Pois não fale. Não deixe que ela chegue perto.*

— *Mas, Tio...*

— *Não há mas. Essa mulher que não se chegue. Nunca!*

As canoas e jangadas se aproximam para carregar os passageiros para a praia. Alguns homens sobem para o convés para ajudar no transbordo. Fico com Tio Abstinêncio a ver a gente descer. Ele se guarda sempre para último. Há-de morrer depois de todos, dizia o Avô.

A noite está mais espessa, a lancha que nos vem buscar parece flutuar no escuro. Antes de entrarmos na embarcação Abstinêncio me faz parar, mão posta sobre o meu peito:

— *Agora que estamos a chegar, você prometa ter cuidado.*

— *Cuidado? Porquê, Tio?*

— *Não esqueça: você recebeu o nome do velho Mariano. Não esqueça.*

O Tio se minguou no esclarecimento. Já não era ele que falava. Uma voz infinita se esfumava em meus ouvidos: não apenas eu continuava a vida do falecido. Eu era a vida dele.

*Capítulo dois*

# O DESPERTO NOME DOS VIVOS

*O mundo
já não era um lugar de viver.
Agora, já nem de morrer é.*

(Avô Mariano)

A lancha que nos vem buscar a bordo é diferente das outras. Nela está meu pai, Fulano Malta, sentado sobre uma caixa de madeira. Quando me vê, deixa-se ficar imovente, fosse demasiado o esforço de simplesmente estar ali. Inclino-me para o saudar.

— *Está triste, pai?*

— *Não. Estou sozinho.*

— *Estou aqui, pai.*

— *Faço-me falta, sem você, meu filho.*

Se ergue, necessitado, quem sabe, de um amparo. Ainda julguei que buscasse o conforto de um abraço. Mas não. Finge que atenta numa qualquer gaivota. Também olho o pássaro: suas asas em floração rectificam a nossa frágil condição. Mão no remo, gesto firme, meu velho suspira, em consolo:

— *Ninguém vive de ida e volta.*

A seu lado, reparo então, está um indiano. Reconheço-o, é o médico da Ilha, o Doutor Amílcar Mascarenha. O médico divide-se entre Luar-do--Chão e a cidade. Desta vez, ele viajara no mesmo barco e, sem notar, desembarcáramos juntos. Ele me saúda com um meneio do chapéu.

— *O médico é porquê?* — pergunto a Abstinêncio, que está a meu lado.

— *Para confirmar.*

— *Confirmar o quê?*

— *Olha, já estamos a chegar.*

Na praia esperam-nos. É a família, quase completa. Os homens à frente, pés banhados pelo rio, acenam-nos. As mulheres atrás, braços de umas cruzando braços de outras como que segurando um só corpo. Nenhuma delas me olha no rosto.

Quando me dispunha a avançar, o Tio me puxa para trás, quase violento. Ajoelha-se na areia e, com a mão esquerda, desenha um círculo no chão. Junto à margem, o rabisco divide os mundos — de um lado, a família; do outro, nós, os chegados. Ficam todos assim, parados, à espera. Até que uma onda desfaz o desenho na areia. Olhando a berma do rio, o Tio Abstinêncio profere:

— *O Homem trança, o rio destrança.*

Estava escrito o respeito pelo rio, o grande mandador. Acatara-se o costume. Só então Abstinêncio e meu pai avançam para os abraços. Voltando-se para mim, meu tio autoriza:

— *Agora, sim, receba os cumprimentos!*

Nada demora mais que as cortesias africanas. Saúdam-se os presentes, os idos, os chegados. Para que nunca haja ausentes. Palavras que apertam tanto quanto o entrecruzar de braços das mulheres que nos esperam.

Depois das circunstâncias, atravessamos o mercado do peixe. As vendedeiras estão já arrumando os apetrechos, desmanchando as tendas. Os últimos peixes são vendidos ao desbarato. Daqui a umas horas estarão podres.

— *Ajude-me, meu filho.*

Ainda pensei ser uma vendedeira, assediando-
-me. Mas é Miserinha que me pede que a conduza,
entre a multidão.

— *Vá olhando os céus, veja se está passar um
pássaro.*

Meu tio faz-me sinal para que me afaste da gorda. Mas não a posso deixar sem cumprir esse favor
de atravessar o mercado. Olho para o céu. Passa a
lenta garça, de regresso às grandes árvores.

— *Veja, Miserinha, uma garça!*

— *Isso garça não é. É um mangondzwane.*

É um pássaro-martelo, bicho coberto de lendas e
maldições. Miserinha reconhecia-o sem deixar de
olhar para o chão.

— *Fique atento a ver se ele canta.*

Passa sem cantar. Um frio me golpeia. Ainda me
lembro do mau presságio que é o silêncio do mangondzwane. Algo grave estaria para ocorrer na vila.

— *Suba no ganda-ganda!*

Nem tempo tenho de me despedir. Me empolei-
ro no atrelado do tractor, vou circulando entre caminhos estreitos de areia. Até há pouco a vila tinha
apenas uma rua. Chamavam-lhe, por ironia, a Rua
do Meio. Agora, outros caminhos de areia solta se
abriram, num emaranhado. Mas a vila é ainda demasiado rural, falta-lhe a geometria dos espaços arru-
mados. Lá estão os coqueiros, os corvos, as lentas
fogueiras que começam a despontar. As casas de ci-
mento estão em ruína, exaustas de tanto abandono.
Não são apenas casas destroçadas: é o próprio tempo desmoronado. Ainda vejo numa parede o letrei-
ro já sujo pelo tempo: «A nossa terra será o túmulo
do capitalismo». Na guerra, eu tivera visões que não
queria repetir. Como se essas lembranças viessem
de uma parte de mim já morta.

Dói-me a Ilha como está, a decadência das casas, a miséria derramada pelas ruas. Mesmo a natureza parece sofrer de mau-olhado. Os capinzais se estendem secos, parece que empalharam o horizonte. À primeira vista, tudo definha. No entanto, mais além, à mão de um olhar, a vida reverbera, cheirosa como um fruto em verão: enxames de crianças atravessam os caminhos, mulheres dançam e cantam, homens falam alto, donos do tempo.

Cruzamo-nos com um luxuoso automóvel enterrado no areal. Quem traria viatura da cidade para uma ilha sem estrada?

— *Olha, é o Tio Ultímio!* — e acenam.

Meu Tio Ultímio, todos sabem, é gente grande na capital, despende negócios e vai politicando consoante as conveniências. A política é a arte de mentir tão mal que só pode ser desmentida por outros políticos. Ultímio sempre espalhou enganos e parece ter lucrado, acumulando alianças e influências. No entanto, ele ali se apresenta frágil, à mercê de uma pobre mão. No tractor comentam vastamente o carro afocinhado, rodas enfronhadas na areia. Mas não param. Ainda há alguns que insistem nos deveres solidários. Mas Fulano Malta é terminante:

— *Ele que se desenterre* — é sua arreganhada sentença.

Por fim, avisto a nossa casa grande, a maior de toda a Ilha. Chamamos-lhe Nyumba-Kaya, para satisfazer familiares do Norte e do Sul. «Nyumba» é a palavra para nomear «casa» nas línguas nortenhas. Nos idiomas do Sul, casa se diz «kaya».

Mesmo ao longe, já se nota que tinham mandado tirar o telhado da sala. É assim, em caso de morte. O luto ordena que o céu se adentre nos compartimentos, para limpeza das cósmicas sujidades. A casa é um corpo — o tecto é o que separa a cabeça dos altaneiros céus. Sobre mim se abate uma visão que muito se irá repetir: a casa levantando voo, igual ao pássaro que Miserinha apontava na praia. E eu olhando a velha moradia, a nossa Nyumba-Kaya, extinguindo-se nas alturas até não ser mais que nuvem entre nuvens.

Desembarcamos do tractor, aos molhos. A grande casa está defronte a mim, desafiando-me como uma mulher. Uma vez mais, matrona e soberana, a Nyumba-Kaya se ergue de encontro ao tempo. Seus antigos fantasmas estão, agora, acrescentados pelo espírito do falecido Avô. E se confirma a verdade das palavras do velho Mariano: eu teria residências, sim, mas casa seria aquela, única, indisputável.

À porta está Tia Admirança, irmã de minha Avó. Era muito mais nova que Dulcineusa, filha de um outro casamento. Dizíamos, brincando, que ela era irmã *afastada*. Em Luar-do-Chão não há palavra para dizer meia-irmã. Todos são irmãos em totalidade.

Admirança é a primeira pessoa que me beija. Seus braços me apertam, demorados. Com o corpo, Admirança fala tristezas que as palavras desconhecem.

— *Por que demoraste tanto?*

— *Não fui eu, Tia. Foi o tempo.*

No quintal e no interior da casa tudo indicia o enterro. Vive-se, até ao detalhe, a véspera da cerimónia. Na casa grande se acotovelam os familiares, vindos de todo o país. Nos quartos, nos corredores, nas traseiras se aglomeram rostos que, na maior parte, desconheço. Me olham, em silenciosa curiosidade. Há anos que não visito a Ilha. Vejo que se interrogam: eu, quem sou? Desconhecem-me. Mais do que isso: irreconhecem-me. Pois eu, na circunstância, sou um aparente parente. Só o luto nos faz da mesma família.

Seja eu quem for, esperam de mim tristeza. Mas não este estado de ausência. Não os tranquiliza ver-me tão só, tão despedido de mim. Em África, os mortos não morrem nunca. Excepto aqueles que morrem mal. A esses chamamos de «abortos». Sim, o mesmo nome que se dá aos desnascidos. Afinal, a morte é um outro nascimento.

— *Venha, meu filho, que está relampejar.*

Tia Admirança me convida para dentro. Vamos rompendo entre a enchente, espremidos um contra o outro como duas pahamas, essas árvores que se estrangulam, num abraço de raízes e troncos. De encontro ao peito, sinto os seus seios provocantes. Provoquentes, diria meu Avô Mariano.

— *Cuidado com os relâmpagos* — insiste ela.

Olho a noite e não vislumbro faiscação. O céu está limpo de escuro. Admirança nota a minha incredulidade.

— *Não sabe? Aqui há desses relâmpagos que não fazem luz. Esses é que matam muito.*

A Tia caminha agora à frente. Aprecio o quanto o seu corpo acedeu à redondura, mas se conserva firme. Acontecendo como o chão: por baixo, subjaz a ardente lava, fogo acendendo fogo.

— *Vá, vamos ver a Avó, ela pediu para lhe ver assim que você chegasse...*

Paramos à porta do quarto da Avó Dulcineusa. Antes de entrarmos, minha tia faz de conta que me ajeita a camisa. E me avisa: a Avó não estava muito bem, submersa ao peso da tristeza. Começara a desvairação mesmo antes do falecimento. Mas, agora, ela se agravara. Se equivocava em nomes, trocava lugares.

Entramos, nos respeitos. A Avó está sentada no cadeirão alto, parece estatuada em deusa. Ninguém é tão vasto, negra em fundo preto. O luto duplica sua escureza e lhe acrescenta volumes. Em redor, como se fora um presépio, estão os filhos: meu pai, Abstinêncio e Ultímio, que acaba de entrar. A voz grave de Dulcineusa torna o compartimento mais estreito:

— *Já alguém deitou água à casa?*

Todos os dias a Avó regava a casa como se faz a uma planta. Tudo requer ser aguado, dizia ela. A casa, a estrada, a árvore. E até o rio deve ser regado.

— *Tenho que ser eu a lembrar-me de tudo. Estou tão sozinha. Apenas tenho este miúdo!*

Aponta para mim. O dedo permanece estendido, como que em acusação, enquanto as carnes lhe estremecem, pendentes do antebraço. Só então reparo nas mãos da Avó. Já quase não lembrava seus dedos cancromidos, queimados pelo trabalho de descascar fruto de caju. Dulcineusa me aponta aquele dedo desunhado e é como se me espetasse uma vaga culpa.

— *Só este miúdo* — repete com voz sumida.

Tia Admirança faz menção de sair. Deixava a Avó na companhia estreita de seus directos filhos.

— *Você fica, Mana Admirança!* — ordena Dulcineusa. E virando-se para mim: — *Me diga, meu neto, você, lá na cidade, foi iniciado?*

Tio Abstinêncio tosse, em delicada intromissão.

— *É que eles lá na cidade, mamã...*

— *Ninguém lhe pediu falas, Abstinêncio.*

O inquérito tem exacta finalidade. Querem saber se eu já atingi a idade do luto. De novo, a matriarca espeta seus inquisitivos olhares em mim:

— *Me deixe que lhe pergunte, meu neto Mariano, você foi circuncidado?*

Abano a cabeça, negando. Meu pai nota o meu embaraço. Calado, ele me sugere paciência, com um simples revirar de olhos. A Avó prossegue:

— *Me responda ainda mais: você já engravidou alguma moça?*

Abstinêncio interfere, uma outra vez:

— *Mamã, o moço tem maneiras dele para...*

— *Quais são seus namoros?* — insiste a velha.

Um constrangimento nos encolhe a todos. Meu pai brinca, adiantando:

— *Ora, mamã, o melhor é ele falar de suas doenças...*

— *Namoros são doenças* — corrige a Avó.

Não chego a pronunciar palavra. A conversa rodopia no círculo pequeno dos donos da fala, em obediências e respeitos. Tudo lento, para se escutarem os silenciosos presságios. Após longa pausa, a Avó prossegue:

— *Falo tudo isso, não é por causa de nada. É para saber se você pode ou não ir ao funeral.*

— *Entendo, Avó.*

— *Não diga que entende porque você não entende nada. Você ficou muito tempo fora.*

— *Está certo, Avó.*

— *Seu Avô queria que você comandasse as cerimónias.*

Meu pai se levanta, incapaz de se conter. Abstinêncio o puxa para que se volte a sentar, em calada submissão. No rosto de meus tios disputam zanga e incredulidade. O Avô terá mesmo dito que eu iria exercer as primazias familiares? Que eu seria chefe de cerimónia, sabendo que isso era grave ofensa contra a tradição? Havia os mais-velhos, com mais competência de idade.

— *Bom, falta saber se ele está mesmo morto.*

— *Está morto* — sentencia Dulcineusa. — *Tem que ser você, Marianinho, a mestrar a cerimónia.*

— *Qual cerimónia?* — pergunta Abstinêncio. — *Se ele não estiver realmente morto, de que cerimónia estamos a falar?*

A Avó agita o braço para fechar o assunto. Ordena silêncio, quer que todos se voltem a sentar.

— *Eu não confio em mais nenhum. Só em você, meu neto, só em você eu deito fianças.*

Faz chocalhar um saco que traz preso na cintura. E pergunta:

— *Sabe o que é este saco?*

— *Não sei, Avó.*

— *É aqui onde escondo as chaves todas da Nyumba-Kaya. Você vai guardar estas chaves, Mariano.*

Faço menção de me desviar do encargo. Como podia aceitar honras que competiam a outros? Mas Dulcineusa não cede nem concede.

— *Tome. E guarde bem escondido. Guarde esta casa, meu neto!*

Estendeu-me o braço para que eu recolhesse o molho de chaves. E eu, boca fechada, aceitando os comandos de minha Avó. Estar calado ou estar sem falar é a mesma coisa? A Avó se acanhava com esse sentimento fundo e antigo, um medo fundado no que ela já vira e agora adivinhava repetir-se. Que outros da nossa família viriam disputar os bens, reclamar heranças, abutrear riquezas.

— *Hão-de vir os outros, os da família de Mariano. Virão buscar as coisas, disputar os dinheiros.*

— *Havemos de falar com eles, Avó.*

— *Você não conhece a sua raça, meu filho. Eles olham para mim e vêem uma mulher. Sou uma viúva, você não sabe o que é isso, miúdo.*

Ser-se velha e viúva é ser merecedora de culpas. Suspeitariam, certamente, que a Avó seria autora de feitiços. O estado moribundo de Mariano seria obra de Dulcineusa. De repente, a Avó se converteria numa estranha, intrusa e rival.

— *Não os quero aqui, ouviu, Mariano?*

— *Escutei, sim.*

— *Você é quem o meu Mariano escolheu. Para me defender, para defender as mulheres, para defender a Nyumba-Kaya. É por isso que lhe entrego a si essas chaves.*

O suor escorre no peito da matriarca, as gotas se apressam no abismo entre os volumosos seios. Abstinêncio com um gesto pede licença. Ele receia que a sua mãe se esteja desgastando demasiado, no abafado do quarto.

— *A senhora, agora, como viúva...*

— *Eu sempre fui viúva.*

— *Mas a mamã não pode...*

— *Agora me deixem, meus filhos. Me deixem que estou sendo chamada.*

A Avó parece vencida por um repentino cansaço. A cabeça se abate sobre o ombro esquerdo e emerge em fundo sono. Todos permanecem em silêncio, vigiando a velha mãe. Nem passam uns minutos, porém, quando Dulcineusa desperta, confusa.

— *Quero ir-me embora* — reclama.

— *Para onde, mamã?*

— *Para casa.*

— *Mas a senhora já está em sua casa...*

Que não, que não estava. Seu olhar revela essa inexplicável estranheza: perdera familiaridade com o seu próprio lar.

— *Levem-me, meus filhos, lhes peço. Levem-me para minha casa.*

Os filhos se entreolham, embaraçados. Para onde? O olhar de Dulcineusa faz medo, em foco de inavistáveis seres.

— *Minha irmã? Onde está minha irmã? Levem-me para casa de minha irmã.*

— *Mamã, sua irmã Admirança está aqui, a senhora não tem outra irmã...*

Admirança toma conta de Dulcineusa e manda que nos retiremos. Ela deitaria a velha matriarca na devida cama, quem sabe despertaria mais tranquila? Que ela muito teria que ganhar repouso. Pois lhe competia a ela e só a ela tratar do amortecido esposo: lavá-lo, barbeá-lo, mudar-lhe as roupas.

Retiramo-nos do quarto. O Tio Abstinêncio encosta-se na porta, usando o corpo todo para a fechar. É ele quem comenta:

— *Para mim, estes delírios dela é tudo fingido.*

— *Fingido como?*

— *A mamã tem medo de ser alcunhada de feiticeira.*

Na sala onde nos juntamos está sentado o médico. Todos olham gravemente Amílcar Mascarenha. Como sempre, o goês usa chinelos, o que faz com que as calças pareçam ainda mais curtas. A seu lado está um copo com vinho tinto. Sentamo-nos e permanecemos em silêncio. Até que o meu pai, esfregando a testa com um lenço, decide falar:

— *E então, doutor?*

— *Então, o quê?*

O médico sacode a cabeça, sem expressão. Vezes sem conta já se tinha debruçado sobre o Avô, tomado o pulso, levantado a pálpebra, apalpado o peito. Uma vez mais se sujeitava ao repetido interrogatório:

— *Ele está morto, doutor?*

— *Clinicamente morto.*

— *Como clinicamente? Está morto ou não está?*

— *Eu já disse: ele está em estado caraléptico.*

— *Estado quê?*

Amílcar ergue os olhos para o tecto, enquanto os dedos, nervosos, percorrem a borda do copo já vazio.

— *Ninguém me pode encher outra vez este copo?*

— *Explica melhor, doutor, não estamos habituados a esses vocabulários. Diga uma coisa: ele respira, o coração bate?*

— *Respira mas a um nível quase imperceptível. E o pulso está tão fraco que não o sentimos.*

Silêncio enchendo um vazio tenso. O médico sacode a última gota do copo a sugerir reabastecimento. Tio Ultímio agita nervosamente a cabeça. É visível que não gosta do goês. Meu pai, caminhando em círculos pela sala, vai passeando a sua impaciência. Abstinêncio é o único que permanece impassível.

— *Esse tipo não sabe nada* — desabafa Ultímio.

— *Respeite o doutor, mano* — corrige Abstinêncio.

— *Então, ele que me esclareça uma coisa: eu estou clinicamente vivo?*

— *Peço um pouco mais de vinho, meus senhores.*

— *Não sirvam nada a esse gajo. Este tipo nem merece apelido. Que doutor é você, afinal?*

O Tio Ultímio repete, martelando um desdém: *clinicamente morto, clinicamente morto!* Abstinêncio, olhar distante, ainda sorri:

— *Só o nosso pai é que nos fazia uma coisa dessas...*

— *Esse Mariano!* — lamentam em coro.

Enquanto vivo se dizia morto. Agora que falecera ele teimava em não morrer completamente. Desta feita, é Fulano Malta que exige esclarecimento:

— *O que pode acontecer agora, doutor? Ele reanima, volta à vida? Ou começa por aí a apodrecer?*

— *Não sei, nunca vi um caso destes...*

— *Não sabe, não sabe* — reclama Ultímio. — *Mas eu preciso definir a minha vida, tenho coisas a fazer lá na capital, os meus negócios, minhas obrigações políticas.*

— *Francamente, Mano Ultímio, numa altura destas, falar de negócios...*

— *Não podemos ficar aqui uma eternidade à espera que o pai morra de vez. Olha, para mim ele já está morto. Sempre esteve morto.*

— *Se calhar o melhor é levá-lo para a morgue.*

— *Qual morgue? Aqui nem hospital há.*

— *Mas o pai não pode ficar assim, nem se enterra nem ressuscita. Podíamos, por exemplo, colocá-lo na câmara frigorífica da Pesca-Mar.*

— *Desculpa, Ultímio, não estou a ver o pai congelado no meio de corvinas, garoupas e camarão. Então é que ele morria de vez...*

O doutor pede calma e tempo. E mais um copo, por especial obséquio. Vai definindo com palavras sempre profissionais o estado do Avô Mariano. Ele era portador assintomático de vida. E nisso, disse o médico, o moribundo não diferia muito de outros, acreditados como bem vivos. Como, por exemplo, o Tio Abstinêncio. E ri-se, de bem consigo mesmo.

— *Explique outra coisa, doutor. Ainda hoje o senhor desatou a cheirar a boca do nosso pai, parecia um cão a farejar. Era para quê aquele farejo?*

— *São diligências de rotina. Um médico faz isso como procedimento...*

— *Fala a verdade, doutor...*
— *Eu acho que senti um cheiro estranho...*
— *Estranho?*
— *Um cheiro de veneno.*

Os meus tios, em uníssono, olham para mim. Interrogam-se se escutei as palavras de Mascarenha. Do silêncio transparece que não me querem ali. Então eu me esgueiro daquele quarto. Na minha cabeça a decisão aflorava: iria ao encontro do proibido, iria espreitar o meu Avô Mariano.

*Capítulo três*

# UM LENÇOL DE AMORES

*Acordar não é de dentro.*
*Acordar é ter saída.*

(João Cabral de Melo Neto)

Logo na primeira noite após a sua morte, depositaram Dito Mariano num caixão. Sobre aquela mesma mesa o encaixotaram, acreditando ter ele superado a última fronteira. A Avó Dulcineusa intentou chamar o padre. Mas a família, razoável, se opôs. O falecido nunca aceitaria óleos e rezas. Respeitassem esse descrer. Dulcineusa não respeitou. A coberto da noite, ela se infiltrou na casa acompanhada pelo padre. E olearam o defunto, tornando-o escorregadio para as passagens rumo à eternidade.

Na manhã seguinte, porém, o corpo apareceu fora do caixão, posto sobre o afamado lençol. Como tinha saído? A suspeita perpassou para toda a família. Aquela não era uma morte, o comum fim de viagem. O falecido estava com dificuldade de transitação, encravado na fronteira entre os mundos. A suspeita de feitiço estava instalada na família e contaminava a casa inteira.

Por isso, me aproximo com receio do lugar fúnebre. A sala onde depositaram o Avô está toda aberta aos céus. A luz e o escuro aproveitam a ausência de tecto. Aflige-me aquela desprotecção. E se chover, se a nuvem se despejar sobre o indefeso corpo de Mariano?

Ali se exibe o Avô, todo estrelinhado. Ele que não dormira nunca senão no chão está agora escarrapousado numa mesa mais magra que ele. Mariano sempre se defendeu de adormecer no leito. Cama era só para namorar. Conforme dizia: incorre-se no risco de cair ou, ainda pior, de nunca mais descer. Preferia ter a terra toda por cama.

— *É como banheira, ninguém me viu entrar numa.*

Para Dito Mariano, a banheira era uma outra espécie de cama. Se havia que se lavar, ele queria a água bem viva, a correnteza do rio, o despenho da chuva.

Tudo isso parece agora distante, um cacimbo denso me separa desse tempo. Visto de mais perto, o Avô parece apenas descansar. No sono engendra um outro sono, o fatal fingimento da morte? Ou tivesse no escuro interior de si uma morte verdadeira mas insuficiente? Certo, sim, ele dava desacordo de si. E até, salvo seja, um riso lhe transflora nos lábios. Como se fosse uma vigília às avessas, como se ele, divertido, nos presenciasse já falecidos.

Olhando-o, assim, tão de fato e gravata, me recordo de sua afável temperança. Os diários bons-dias dele. Aquele mesmo riso, agora gravado em sua última máscara. E nós:

— *Então como anda, Avô?*

Suspenso na ponta dos pés, Mariano desvariava a resposta:

— *Vou andando-me, filho. Mais e menos. Olha: subindo mais que descendo.*

A conversa era um cantar de sapo. Pois ele, sempre mais sedento que sedentário, não tardava:

— *Você leve este dinheirito, desloque-se à tenda e me abasteça de uma derrubadeira.*

Estendia-me a mão mas era gesto vazio. Nos seus dedos não constava nem moeda nem nota. O dono do bar, o mulato Tuzébio, já sabia da fiança. E tinha a dose preparada. A derrubadeira — a xidiba ndoda — era a mais viril aguardente. Na garrafa, Tuzébio metia umas gotas de ácido, desses mungidos de uma bateria de carro.

— *É para activar o motor de arranque* — ria o Avô.

Aquele era um tempo sem guerra, sem morte. A terra estava aberta a futuros, como uma folha branca em mão de criança. Vovô Mariano era apenas isso: o pai de meu pai. Homem desamarrado, gostoso de rir, falando e sentindo alto. O preferido de sua conversa: as mulheres. Me fazia crer que conservava a potência. Se preservava macho, porque, dizia ele, nunca tinha apanhado injecção. E estendia o dedo sábio:

— *Nunca aceite, filho. Aquela agulha lhe entra no corpo e você amolece mais que bananeira morta.*

Me segredara promessa: não morrer antes de possuir a centésima mulher. As amantes todas, sem excepção, ele as desfrutara na mesma cama, sobre o mesmo lençol. Umas tantas vezes me estendeu o infalível pano:

— *Cheire! Cheira a quê?*

— *Não sei, Avô.*

— *Cheira à vida, moço. Cheira à vida.*

Esse mesmo lençol lhe dava agora assento ao corpo, na solidão da sala fúnebre. Custa-me vê-lo definitivamente deitado, dói-me pensar que nunca mais o escutarei contando histórias. Ter um avô assim era para mim mais que um parentesco. Era um laço de orgulho nas raízes mais antigas. Ainda que fosse uma romanteação das minhas origens mas eu, deslocado que estou dos meus, necessitava dessa ligação como quem carece de um Deus.

Tanto me embrenho em matutação que nem dou conta de um vulto que se aproxima, a escondido do escuro.

— *Quem está aí?*

A voz inquisitiva de Dulcineusa me sobressalta. Afinal, a ideia dos fantasmas, esses mal-morridos, está ainda bem presente em mim, citadino que sou.

— *Sou eu, Avó. Sou eu, seu neto Mariano.*

— *Não tenho neto vivo, estão todos mortos.*

— *Avó, sou eu, Marianinho...*

— *Não conheço. E não me chame de Avó!*

— *Ainda há pouco estive falando consigo e seus filhos, Fulano, Abstinêncio e Ultímio.*

— *Meus filhos já morreram. Estou sozinha nesse mundo, só eu.*

— *Não está sozinha, Avó, aqui consigo estão tantas pessoas.*

— *Não há pessoa viva na nossa terra. É tudo um cemitério. Um cemitério é tudo o que há agora.*

E rodopia sobre si mesma, repetindo, cabisbaixinha: *Só há falecidos, só há falecidos!* Acaba por se sentar, suspensa a olhar as paredes. Depois, pede que lhe traga água. Enquanto procuro um copo, ela me olha, corujando-me atenta.

— *Você é meu neto Mariano?*

— *Sou sim, Avó.*

— *E está vivo?*

— *Estou sim, Avó. Isto é, creio que sim. Ou, como diria o Avô, mais e menos, subindo mais que descendo.*

— *Os outros não vão gostar de lhe ver aqui.*

— *Vou já sair, Avó.*
— *Não vá. Sente-se aqui, meu filho. Quero falar-lhe umas lembranças.*

Lembra-me quando eu era mais miúdo, quando ainda residia na Ilha e minha mãe era viva. Desde que eu nascera o Avô Mariano me havia escolhido para sua preferência. Herdara seu nome. E ele, vaidoso, até me trazia às costas, que é coisa interdita para um homem.

Depois minha mãe morreu, decidiram mandar-me para a cidade. A Avó lembrava o dia de minha partida para a cidade. Recordava tudo desse adeus: os ares da tarde, as cores do céu, o precoce despertar da lua. E, sobretudo, o ter surpreendido o velho Mariano a chorar.

— *Seu Avô nunca chorara antes.*

Ela se aproximara, carinhosa, para enxugar as lágrimas ao marido. E ele, violento, lhe tinha prendido a mão. *Não toque em mim agora, que estas águas devem tombar no chão,* assim ele disse. Vendo a agonia em Dito Mariano, eu ainda tentara um consolo:

— *Eu volto, Avô. Esta é a nossa casa.*

— *Quando voltares, a casa já não te reconhecerá* — respondeu o Avô.

O velho Mariano sabia: quem parte de um lugar tão pequeno, mesmo que volte, nunca retorna. Aquele não seria o lugar de minhas cinzas. Assim fora com os outros, assim seria comigo. E o vaticínio dele se foi cumprindo. Na cidade, fiquei um tempo com os Lopes, um casal de portugueses que trabalhara na Ilha. Depois, a família se quotizou para me pagar um quarto na residência universitária. Enquanto estudante liceal eu visitava a Ilha com frequência. Depois, essas visitas foram escasseando, até que deixei de vir.

A Avó suspende as lembranças e me afaga o rosto. Mas logo ela se emenda como se tomasse consciência da repugnância que me podem causar as suas mãos lazarentas.

— *Desculpe, meu neto. Isto não são dedos...*

Já não me fazem impressão aqueles dedos gastados, tão terno é o seu gesto. Lhe seguro a mão e a trago de volta para o meu rosto. Beijo os seus dedos. Ela sente-se beijada na alma.

— *Agora, meu neto, lhe quero perguntar a coisa mais séria.*

— *Pergunte, Avó.*

— *Alguma vez Mariano lhe falou no amor que ele tinha por mim?*

— *Bem, que eu me lembre...*

— *Me fala disso, meu neto, me fala disso.*

O que sabia eu? Meu Avô falava-me, sim. Mas sempre carregado de mentira. De todas as vezes que eu visitara a Ilha, o Avô se gloriava das suas muitas conquistas. Nada que eu pudesse agora invocar para Dulcineusa. O que ele insistia era o mandamento:

— *Fazer amor, sim e sempre. Dormir com mulher, isso é que nunca.*

E explicava: dormir com alguém é a intimidade maior. Não é fazer amor. Dormir, isso é que é íntimo. Um homem dorme nos braços de mulher e a sua alma se transfere de vez. Nunca mais ele encontra suas interioridades. Por isso, de noite, puxava a esteira para fora do quarto e se deitava na sala. Lembro a mão batendo no peito, enquanto repetia com orgulho:

— *Nunca dormi com mulher, é verdade. Mas dormi em mulher. E isso pouco homem fez.*

Dito Mariano amava Dulcineusa? Essa era a mi-

nha crença, o particípio sem passado. Recordava-
-me das conversas entre eles, já velhos que eram.
A Avó Dulcineusa sentada na berma da cama:

— *Você já não sonha comigo, homem?*

— *Sonho, sim.*

— *Mentira, não sonha.*

— *E como sabe, Dulcineusa?*

— *Porque, ultimamente, não tenho andado bonita.*

No seguido, logo ele se levantava e a abraçava
como se a tivesse visto pela primeira vez. E os dois
se milagravam. No rosto de Dulcineusa se apagava
a ruga. Essa mesma ruga que sublinha agora a sua
ansiedade.

— *Me diga, meu neto: ele dizia que me amava?*

— *Quer dizer, falava de modo indirecto.*

— *Eu preciso que me conte isso, meu neto. Lhe
explico: este enviuvar me parece quase um casamento.*

— *Um casamento?*

— *É o que eu sinto, sem Mariano. A alegria de
só agora casar com ele.*

— *Isso não é pecado, Avó. Até é bonito...*

— *Me apetece, pela primeira vez, subir a bai-
nha, baixar o decote, usar pó-de-arroz.*

O modo como os dois se encontraram era história na família. Mariano repetia vezes sem conta esse
episódio. Mas com variações tantas que nunca se
podia empenhar crédito.

— *Fosse eu assim, velho, quando lhe encontrei e
eu lhe teria amado melhor. Não tanto, mas melhor,
muito melhor.*

Dulcineusa fingia um desdenho:

— *Há tanta vizinha e logo você foi notar em
mim.*

Mariano já não seria muito moço quando a conheceu. A Avó era operária na fábrica de caju, descascadora dos ácidos frutos. Nessa altura, as mãos dela ainda não tinham sido comidas pelas corrosivas seivas do caju. Dito Mariano possuía um gato, treinado para os indevidos fins. O bichano era lançado em plenas vielas nocturnas e se infiltrava pelos quintais até detectar uma moça solteira, disposta e disponível. Durante consecutivas noites, o gato insistiu em se imiscuir na casa de Dulcineusa. Não havia dúvida: era ela a escolhida. Mariano começou a aparecer no pátio de Dulcineusa com desculpa de comprar castanha de caju. Ela ainda era magrita, bem cabida nos panos, lenço adornando a cabeça, brinco de missangas na orelha.

Dulcineusa sorria, matreiramente, quando o via surgir. Mas ele não se afigurava em fraqueza. Ombros empinados, pescoço hasteado. A frase lustrada, tão bem escolhida quanto o sapato. A Avó, mesmo assim, resistia:

— *Não sou namorável, Mariano.*

— *E se eu lhe pedir um beijo?*

— *Vou demorar a vida inteira para lhe dar esse beijo.*

— *Eu espero, então.*

Vantagem de pobre é saber esperar. Esperar sem dor. Porque é espera sem esperança. Mariano sofria sem pressa. Isso, ele me ensinara: o segredo é demorar o sofrimento, cozinhá-lo em lentíssimo fogo, até que ele se espalhe, diluto, no infinito do tempo. Todos confirmavam: Mariano era um homem garganteador mas generoso e de recto princípio.

— *Sou tão bom que até perdi o carácter* — admitia ele. — *A bondade me destemperamentou.*

Dulcineusa não se conformava, porém, com essa generosidade que ele dirigia para todos menos para ela. Por que motivo nunca lhe dedicara flores, não lhe trouxera panos, nem lhe dirigira carinhos?

— *Não se dá nome às estrelas* — ripostava Mariano.

O Avô defendia-se na tradição. Homem que se queira macho não pode dar nem receber carinhos em público. Namoros são assuntos privados. Dulcineusa acabou resignando. Pior para ela era Mariano recusar desfazer-se do tal gato. A mulher bem queria dar despacho ao mal-afamado bichano. Por que razão ele mantinha precisão no serviço do detector de moças, até hoje a Avó cismava.

Um suspiro lhe remata a angústia. As memórias lhe fazem bem. A Avó afaga uma mão com a outra como se entendesse rectificar o seu destino, desenhado em seus entortados dedos.

— *Agora, meu neto, me chegue aquele álbum.*

Aponta um velho álbum de fotografias pousado na poeira do armário. Era ali que, às escondidas, ela vinha tirar vingança do tempo. Naquele livro a Avó visitava lembranças, doces revivências.

Mas quando o álbum se abre em seu colo eu reparo, espantado, que não há fotografia nenhuma. As páginas de desbotada cartolina estão vazias. Ainda se notam as marcas onde, antes, estiveram coladas fotos.

— *Vá. Sente aqui que eu lhe mostro.*

Finjo que acompanho, cúmplice da mentira.

— *Está ver aqui seu pai, tão novo, tão clarinho até parece mulato?*

E vai repassando as folhas vazias, com aqueles seus dedos sem aptidão, a voz num fio como se não quisesse despertar os fotografados.

— *Aqui, veja bem, aqui está sua mãe. E olhe nesta, você, tão pequeninho! Vê como está bonita consigo no colo?*

Me comovo, tal é a convicção que deitava em suas visões, a ponto de os meus dedos serem chamados a tocar o velho álbum. Mas Dulcineusa corrige-me.

— *Não passe a mão pelas fotos que se estragam. Elas são o contrário de nós: apagam-se quando recebem carícias.*

Dulcineusa queixa-se que ela nunca aparece em nenhuma foto. Sem remorso, empurro mais longe a ilusão. Afinal, a fotografia é sempre uma mentira. Tudo na vida está acontecendo por repetida vez.

— *Engano seu. Veja esta foto, aqui está a Avó.*

— *Onde? Aqui no meio desta gente toda?*

— *Sim, Avó. É a senhora aqui de vestido branco.*

— *Era uma festa? Parece uma festa.*

— *Era a festa de aniversário da Avó!*

Vou ganhando coragem, quase acreditando naquela falsidade.

— *Não me lembro que me tivessem feito uma festa...*

— *E aqui, veja aqui, é o Avô lhe entregando uma prenda.*

— *Mostre! Que prenda é essa, afinal?*

— *É um anel, Avó. Veja bem, como brilha esse anel!*

Dulcineusa fixa a inexistente foto de ângulos diversos. Depois, contempla longamente as mãos como se as comparasse com a imagem ou nelas se lembrasse de um outro tempo.

— *Pronto, agora vá. Me deixe aqui, sozinha.*

Vou saindo, com respeitosos vagares. Já no limiar da porta, a Avó me chama. Em seu rosto, adivinho um sorriso:

— *Obrigada, meu neto!*

— *Obrigada porquê?*

— *Você mente com tanta bondade que até Deus lhe ajuda a pecar.*

*Capítulo quatro*

## AS PRIMEIRAS CARTAS

*O importante não é a casa onde moramos.*
*Mas onde, em nós, a casa mora.*

(Avô Mariano)

Fico alojado no mesmo quarto de Abstinêncio e Admirança. O Tio Abstinêncio pretendia regressar naquela mesma noite para a sua cabana. Há anos que ele não deitava pé fora. Mas convenceram-no a pernoitar por ali. Ficasse apenas por um sono. Instalaram juntos Abstinêncio e Admirança, por razão de higiene. Os dois são muito parentes, podem partilhar lençóis. Além do mais, eles se conhecem há tanto que se irmandaram, incapazes de tentação. É assim que dizem: o boi sem cauda pode passar pelo capim em chamas. Não há, pois, risco de subirem as hormonas a nenhum dos meus tios. Seria fatal se, neste tempo de luto, houvesse namoros na casa. Durante as cerimónias se requer a total abstinência. Caso contrário, o lugar ficaria para sempre poluído.

Acordo antes de ser manhã. Uma poeira — será a luz? — infiltra-se para além dos cortinados. Renasce em mim essa estranha sensação que me acontece só em Luar-do-Chão: o ar é uma pele, feita de poros por onde escoa a luz, gota por gota, como um suor solar.

Levanto-me e dou uns passos à volta, sem direcção. Diz meu pai que, ao acordar, se deve rodar para desfazer as voltas do sono. Enquanto espalho as roupas que trazia amarfanhadas na mochila, noto que há uma folha escrita por cima da secretária. Leio, intrigado:

*Ainda bem que chegou, Mariano. Você vai enfrentar desafios maiores que as suas forças. Aprenderá como se diz aqui: cada homem é todos os outros. Esses outros não são apenas os viventes. São também os já transferidos, os nossos mortos. Os vivos são vozes, os outros são ecos. Você está entrando em sua casa, deixe que a casa vá entrando dentro de si.*

*Sempre que for o caso, escreverei algo para si. Faça de conta são cartas que nunca antes lhe escrevi. Leia mas não mostre nem conte a ninguém.*

Quem escrevera aquilo? Quando tento reler uma tontura me atravessa: aquela é a minha própria letra com todos os tiques e retiques. Quem fora, então? Alguém com letra igual à minha. Podia ser um, entre tantos parentes. Caligrafia não é hereditária como o sangue?

Vou pelo corredor, agora vazio. Procuro afastar o sentimento que a carta revolvera dentro de mim. Olho a fotografia na parede: toda a família cabe em retrato? Não as nossas, famílias africanas, que se estendem como túneis de formigueiro. Na imagem, são mais os ausentes que os estampados. Ali figura o Avô Mariano, brioso e rectilongo. Impressiona são os seus olhos, acesos, fosforeados.

— *Essa foto já está tão velha!*

É Tia Admirança que chegou sem que me apercebesse. Gesto decidido, ela retira a moldura da parede. E explica: bolor dos retratos não se limpa com pano. Estende-se no sol, a luz é que limpa.

— *Ajude-me, sobrinho!*

Transportamos o retrato para a varanda. Admirança suspira:

— *Tomasse eu banho assim, nua à luz do Sol.*

Ela derruba as alças do vestido a expor os ombros. Repara que estou fixado nela, debruça-se sobre a velha fotografia.

— *Me custa olhar essa imagem. Pois foi assim que seu Avô se apagou.*

— *Foi assim como?*

— *Quando tirávamos um retrato. Me custa ainda recordar.*

Por fim, alguém me dizia como falecera o Avô. Acontecera do seguinte modo: a família se reunira para posar para uma fotografia. Alinharam todos no quintal, o Avô era o único sentado, bem no meio de todos. O velho Mariano, alegre, ditava ordens, distribuía uns e outros pelos devidos lugares, corrigia sorrisos, arrumava alturas e idades. Dispararam-se as máquinas, deflagraram os flashes. Depois, todos risonhos, se recompuseram e se dispersaram. Todos, menos o velho Mariano. Ele ficara, sentado, sorrindo. Chamaram-no. Nada. Ele permanecia como que congelado, o mesmo sorriso no rosto fixo. Quando o foram buscar notaram que não respirava. O seu coração se suspendera em definitivo retrato.

Chamaram, acto descontínuo, o médico da vila. O goês Amílcar Mascarenha inclinou-se sobre o Avô e nele recolheu sinais. Voltou a erguer-se, com pausa e circunstância, e simplesmente sacudiu a cabeça, em negação da pergunta não feita. Os soluços começaram mas ficaram contidos. Não se chora alto, a lágrima é uma serpente que, desperta, nos engole de cima e de baixo.

Admirança relembra o episódio e se arrepia. Árvore dá sombra, pessoa dá assombro. Os botões do vestido, em desleixo, deixam vislumbrar os seios volumosos. Estremeço. Me custa confessar mas a Tia Admirança me acende de mais o rastilho. Tantas vezes a recordo, mulherosa, seu corpo e seu cheiro.

Esta a memória que mais guardo: no quintal da Nyumba-Kaya ela está de cócoras, a mão esquerda apertando o pescoço da galinha. A faca rebrilha na mão direita. As pernas, bem desenhadas, estão a descoberto entre as dobras da capulana. Ela parece saber que espreito. Entreabre as pernas como se procurasse melhor conforto. O mesmo gesto que degola a galinha afasta o último pano, desocultando mais o corpo. O seu olhar me pede cumplicidade:

— *Não diga nada ao Avô! Não diga que fui eu que matei a galinha!*

O Avô era o munumuzana, o mais-velho da família. Competia-lhe por tradição a tarefa de matar os animais. Estamos transgredindo os mandos, eu e minha preferida tia. E isso traz mais tempero ao momento.

A galinha atravessa o pátio saltitando sem pescoço, interrompendo-me a visão das coxas de Admirança. O sangue, em esguicho cego, avermelha a lembrança. Até que a ave despescoçada, já vencida, se aninha a nossos pés. Admirança toca as minhas pernas a apanhar apoio para se reerguer. Enquanto se levanta ela roça em mim, toda aproximada, ancas e seios. Entre nós, apenas a faca gotejando vermelho. A voz de Admirança, afogueada:

— *Caramba, Mariano, quase eu lhe espetava essa faca!*

Tio Abstinêncio passa por mim e me afasta das lembranças. Ele se detém e, como que procurasse as exactas palavras, balança o corpo antes de inquirir:

— *Você foi à sala, ver o corpo do Avô?*

— *Não* — menti. — *Porquê, Tio?*

— *Já sabe, você me prometeu no barco...*

— *Deixe o moço, Abstinêncio* — intercede Admirança, maternal.

Decido sair, voltear-me pelas cercanias. A manhã despertara envolta em cacimbo. O ar parecia espesso, quase líquido. Ameaçava chover mas o chuvisco se arrependeu. Abstinêncio até comentara:

— *Esta terra já nem tem clima.*

Agora, o horizonte clareou, está um sol de limpar neblinas. Os convidados não paravam de desembarcar. Num barco especialmente fretado haviam chegado os mulatos — é o ramo da família que foi para o Norte. Ainda comentei com a Tia Admirança:

— *Não sabia, Tia, que tínhamos assim tanto mulato na família.*

— *Meu filho, neste mundo, todos somos mulatos.*

A casa grande é pequena para todos. Uns, os mais importantes, ficam no edifício da Administração. Entre os irmãos, tios e primos há até membros do Governo. Estranhamente, meu pai acomodou-se numa casa fora do muti familiar. Nem casa será: uma modesta cabana, oculta entre as acácias.

É para lá que me dirijo, ao encontro de meu pai, Fulano Malta. Atravesso o átrio e ultrapasso a sebe de espinhosas. Chamo-o de fora, com respeito. Não há resposta. Vou entrando, olhos negociando com a obscuridade. Me apercebo, por cima da cabeceira, de um revólver. Fulano Malta nunca pecou por desprevenção. Mas eu jamais lhe conhecera arma. Agora o surpreendia, preparado para o que desse e não viesse. E por que motivo se prevenia, xicuembo na almofada e pistola na cabeceira? Meu pai esperava a emboscada de quem?

Só então dou conta que meu velho dorme no chão. Quase tropeço nele. Levanta-se estremunhado, mão agitando-se no escuro à procura da pistola. Implora, braços tapando o rosto:

— *Não me mate, não fui eu! Não sei nada, não disse nada...*

Quando se apercebe que sou eu, fica um tempo a ganhar fôlego, sentado com as mãos sobre os joelhos, cabeça tombada entre os ombros.

— *Não durmo na Nyumba-Kaya que é para não atrair.*

— *Atrair quem?*

Eu sabia que a pergunta era desvalida. Meu pai não queria espalhar poeira em chão nunca pisado.

— *Eles vão vir aqui, meu filho. Eles vão vir.*

— *Mas que eles, pai? Quem são?*

— *Você há-de saber. No devido tempo você vai saber.*

— *Saber o quê?*

— *Não me compete dizer. Só sopro em vela que eu mesmo acendi.*

Tinha sido sempre assim. Fulano Malta sempre se explicara por enigmas. Esperar que mudasse era como pedir ao cajueiro que endireitasse os ramos.

— *Só vou dizer o seguinte: essa gente mata. Mataram o velho Sabão.*

— *O velho Sabão foi morto?*

— *Sim, mataram-lhe. Ele que era um homem a abarrotar de coração.*

Juca Sabão era para mim uma espécie de primeiro professor, para além da minha família. Foi ele que me levou ao rio, me ensinou a nadar, a pescar, me encantou de mil lendas. Como aquela em que, nas noites escuras, as grandes árvores das margens se desenraízam e caminham sobre as águas. Elas se banham como se fossem bichos de guelra. Regressam de madrugada e se reinstalam no devido chão. Juca jurava que era verdade.

As lembranças me surgem velozes como nuvens. Recordo aquela vez em que Sabão se encomendou de uma expedição: queria subir o rio até à nascente. Ele desejava decifrar os primórdios da água, ali onde a gota engravida e começa o missanguear do rio. Juca Sabão muniu-se de mantimentos e encheu a canoa com os mais estranhos e desnecessários acessórios, desde bandeiras a cornetas. Demorou umas tantas semanas. Regressou e fui o primeiro a recebê-lo, nas escadas do cais. Olhou-me, cansado, e disse:

— *O rio é como o tempo!*

Nunca houve princípio, concluía. O primeiro dia surgiu quando o tempo já há muito se havia estreado. Do mesmo modo, é mentira haver fonte do rio. A nascente é já o vigente rio, a água em flagrante exercício.

— *O rio é uma cobra que tem a boca na chuva e a cauda no mar.*

Assim proferindo, Juca Sabão me pediu que me aproximasse. Seus dedos me fecharam as pálpebras como se faz aos falecidos. Certas coisas vemos melhor é com os olhos fechados. Neste momento, é como se ainda sentisse suas mãos sobre o meu rosto.

Meu pai, Fulano Malta, espera um momento para que me recomponha da notícia. Ele sabe quanto eu ainda estou ligado ao velho Sabão.

— *E quem matou? Quem foi que o matou, pai?*
Meu velhote lá tinha suas desconfianças. Não as desamarrou. Junto ao corpo de Sabão tinham encontrado uma pistola. A polícia recolhera a arma e a guardara na esquadra. Estranhamente, a pistola desaparecera nessa mesma noite. Fulano Malta sacode a cabeça, cheio de confiança:

— *Ocultaram provas, meu filho! Para proteger gente graúda.*

Com um gesto me convida a sair. Lá fora frescava mais. Na entrada da casa, sobre uma armação suspensa em troncos de cimbire, está pendurada uma gaiola. Aquilo me dá um aperto no peito.

— *Ainda se lembra?*

— *Lembro, pai. Sempre o pai pendurou gaiola na varanda. Mas sempre estava vazia.*

— *Nunca consegui meter nada lá dentro* — riu-se Fulano.

Meu pai esperava que, voluntário, um pássaro viesse e se alojasse na jaula. A mania, antiga, não passara. A gaiola metaforizava o seu destino, essa clausura onde ave nenhuma partilhara da sua solidão.

De repente, meu pai cala-se. Lá longe desponta seu irmão mais novo, Ultímio. Apressado, ele ainda me disse:

— *Receba você esse seu tio. Eu não estou, não quero ver esse gajo.*

— *Mas, pai, ele é seu irmão.*

— *Eu lhe pergunto uma coisa, Mariano. Esse Ultímio está aqui, na nossa casa?*

— *Não, ele está a dormir na Administração.*

— *Esses que estão lá com ele* — acrescenta Fulano apontando a casa do Governo —, *esses são ladrões, os dedos deles estão cheios de pontas.*

— *Se quer esconder-se, vá lá para dentro, pai.*
*Que ele está mesmo a chegar.*

Fulano Malta se adentra, mas eu ainda o escuto, resmungoso. Queria ver, agora, o que o Tio Ultímio faria aqui, longe da cidade, afastado dos seus parceiros de negociatas.

— *Se aprecia bem o chapéu é fora da cabeça.*

Faço sinal para que se cale, pois Ultímio já se apresenta, com seus modos de pertencedor. O Tio me saúda em cumplicidade.

— *Onde está meu irmão Fulano?*

— *Saiu. Não sei para onde.*

— *Ainda bem que o encontro, sobrinho. Assim, a sós.*

Ultímio logo se espraia no cadeirão da varanda. Fica um tempo a medir a extensão do mundo.

— *É bonito, não é, Tio?*

— *Bonito? Isto tudo tem um valor.*

Que eu não sabia, mas havia gente rica, algibeirosa, olhando com cobiça para a nossa Ilha. Pelo seu gabinete passavam gulosos requerimentos. E ele não dormia de olho fechado. Já havia dado despacho a investidores interessados em iniciar em Luar-do-Chão um negócio de minas, pesquisa de areias pesadas. E até já havia apalavrado a nossa casa, a Nyumba-Kaya, prometido as terras familiares.

— *A nossa casa, Tio? Vender a Nyumba-Kaya?*

— *Sim, está tudo rodando sobre as esferas.*

— *Mas a casa, lembra o que dizia o Avô?*

— *Falo-lhe de tudo isto, porque você, sendo família e uma pessoa estudada, bem que podia fazer parte do empreendimento.*

— *Vou pensar, Tio, vou pensar...*

Depois, ele me convida a regressarmos juntos. Acompanho-o, menos por vontade que por receio que meu pai dê sinais de si. O Tio Ultímio parece desconfiado. Se ocupa em pisar cauteloso, evita areia, saltita sobre os charcos. De repente, por detrás das dunas, deflagra a gritaria. Vozes e vultos correndo das palhotas.

— *É o carro!* — gritam.

Aproximamo-nos, abrimos caminho num ajuntamento. O Tio Ultímio engole em seco, deglutindo um deserto. Alguém atacou a viatura, partindo os vidros e vazando os pneus.

— *Quem fez isto? Filhos da puta, quem fez isto?*

Ultímio clama e ameaça. Ergue os braços, prometendo vinganças, ecoando lamúrias:

— *Só para me prejuizar. Maldita inveja, é isso que não nos deixa crescer.*

Escapo-me dali, me apressando entre os atalhos. Quando reentro em casa não encontro vivalma. Todos foram para o caminho de areia assistir à desgraça, consolando Ultímio. De soslaio, parece-me ouvir um ruído. Entro na sala fúnebre e nada vejo senão o aquietado corpo do velho Mariano. Lá está o desfinado, entre flores e velas. Subo para o quarto. De novo, sobre a cabeceira, uma outra carta. A tremência em minhas mãos não me ajuda a ler:

*Estas cartas, Mariano, não são escritos. São falas. Sente-se, se deixe em bastante sossego e escute. Você não veio a esta Ilha para comparecer perante um funeral. Muito ao contrário, Mariano. Você cruzou essas águas por motivo de um nascimento. Para colocar o nosso mundo no devido lugar. Não veio salvar o morto. Veio salvar a vida, a nossa vida. Todos aqui estão morrendo não por doença, mas por desmérito do viver.*

*É por isso que visitará estas cartas e encon-*

*trará não a folha escrita mas um vazio que você mesmo irá preencher, com suas caligrafias. Como se diz aqui: feridas da boca se curam com a própria saliva. Esse é o serviço que vamos cumprir aqui, você e eu, de um e outro lado das palavras. Eu dou as vozes, você dá a escritura. Para salvarmos Luar-do-Chão, o lugar onde ainda vamos nascendo. E salvarmos nossa família, que é o lugar onde somos eternos.*

*Comece em seu pai, Fulano Malta. Você nunca lhe ensinou modos de ele ser pai. Entre no seu coração, entenda aquela rezinguice dele, amoleça os medos dele. Ponha um novo entendimento em seu velho pai. Às vezes, seu pai lhe tem raiva? Pois lhe digo: aquilo não é raiva, é medo. Lhe explico: você despontou-se, saiu da Ilha, atravessou a fronteira do mundo. Os lugares são bons e ai de quem não tenha o seu, congénito e natural. Mas os lugares nos aprisionam, são raízes que amarram a vontade da asa.*

*A Ilha de Luar-do-Chão é uma prisão. A pior prisão, sem muros, sem grades. Só o medo do que há lá fora nos prende ao chão. E você saltou essa fronteira. Se afastou não em distância, mas se alonjou da nossa existência.*

*Antes, seu pai estava bem consigo mesmo, aceitava o tamanho que você lhe dava. Desde a sua partida ele se tornou num estranho, alheio e distante. Seu velhote passou a destratá-lo? Pois ele se defende de si mesmo. Você, Mariano, lhe lembra que ele ficou, deste lado do rio, amansado, sem brilho de viver nem lustro de sonhar.*

*Sempre foi um revoltado, esse Fulano Malta. No tempo colonial, ele até recusou ser assimilado. Abstinêncio e Ultímio aceitaram logo, se inscreveram,*

*preencheram papeladas. Fulano não. Para seu pai,
a outra margem do rio, lá onde iniciava ser cidade, era o chão do inferno. Mas tudo isso que ele
dizia era como o chifre do caracol: nascia só da
boca. Pois, no escondido da noite, ele sonhava visitar aquelas luzes do lado de lá. Calcava o
sonho, matava a viagem ainda no ovo da fantasia.*

  ·  *Agora, em seu próprio filho, Fulano assistia à
sua pequenez, pisava a casca desse ovo. Você o
convertia em humano. Uma primeira coisa do humano é a inveja. Era o que ele sentia consigo.
É isso que ele sente até agora.*

    *Deixei para o fim a confissão, o que muito sem-
pre escondi. Lembra o caso dos livros que você trouxe e para sempre desapareceram? Pois foi seu pai
que os fez desaparecer. Você trazia consigo esses livros, esses cadernos, e ele olhava para eles como se
fossem armas apontadas contra a nossa família.
Nem sabia bem o que fazia, nunca entendeu por
que o fez. Levou aquela livralhada, foi com esse
embrulho até ao cais. No caminho, seu pai sentiu o
volume, o peso daquilo, e lhe pareceu que atraves-
sava distâncias maiores que a inteira Ilha e que de-
sembarcava na outra margem do rio. Em vez de
sustentar um peso ele ia ficando leve, cada vez
mais leve. Suspeitou que era culpa de seu intento.
Sentou-se, sempre segurando a carga. Descansou,
para acertar o real com a realidade. Porém, mais e
mais a leveza o atingia. Foi mesmo assaltado por
súbita visão: ele esvoava, cruzando nos céus com
outros homens que, em longínquas nuvens, também sobraçavam livros. E pensou: aquelas escritas
traziam feitiço. Mais uma razão para fazer aquilo
em nada. Correu até ao cais e antes que subisse
pelos ares, gaivoteando sem direcção, ele deitou os*

*livros todos no rio. Mas, porém: os cujos livros não se afundaram. Demoraram-se na superfície, como se resistissem às fundezas, as páginas abertas agitando-se como se fossem braços. E seu pai, no desvairo do medo, o que viu foi corpos sem vida, náufragos ondeando na respiração do rio. E fugiu, aterrorizado. Até hoje ele acredita que esses maldiçoados livros estão flutuando no rio Madzimi.*

*Você, agora, deve ensinar o seu pai. Lhe mostre que ainda é filho. Para que ele não tenha medo de ser pai. Para que ele perca um medo ainda maior: o de ter deixado de ser seu pai.*

*Capítulo cinco*

# A MORTE ANUNCIADA
# DO PAI IMORTAL

*A mãe é eterna,
o pai é imortal.*

(Dizer de Luar-do-Chão)

A anónima carta me atirava para um assunto que, em mim, nunca teve resolução: meu velhote, Fulano Malta, segundo filho de Dito Mariano. Que sabia eu dele? Era mais o adivinhado que o confirmado. Em miúdo tinha sido sacristão. Padre Nunes, um sacerdote português, dele ganhara amizade. Contudo, um dia meu pai bebeu o vinho que se guardava por trás do altar. Quando acendia as velas no altar acabou pegando fogo à igreja. Aquelas chamas se fixaram na lembrança dele como se fossem labaredas dos infernos.

Aos poucos se foi afastando das obrigações religiosas. Nunes ainda o tentou dissuadir. E nunca mais raspou joelho pelo chão. O padre ainda insistiu:

— *Qual a valia dessa devoção? Se a pedra é pontuda você já não ajoelha?*

Ninguém nunca me contou como ele e minha mãe se conheceram. Era assunto interdito em nossa casa. Como também era proibido falar-se no modo como a mãe veio a falecer. Que se tinha afogado, isso sabia-se vagamente.

A paixão adolescente de Fulano por Mariavi-lhosa não foi capaz de lhe trazer venturas. Nem o casamento lhe foi suficiente. Pois seu viver se foi amargando e ele, mal escutou que havia guerrilhei-ros lutando por acabar com o regime colonial, se lançou rio afora para se juntar aos independentistas. A família ficou sem saber dele durante anos. Já der-rubado o governo colonial, Fulano Malta regressou. Vinha fardado e todos o olhavam como herói de muitas glórias. Seguiu-se um ano de transição, um longo exercício na entrega dos poderes da adminis-tração portuguesa para a nova governação.

Nesse enquanto, minha mãe engravidara. Em seu rosto se anunciavam as gerais felicidades. Até que um dia aconteceram os ensaios para os festejos da independência que seria declarada dali a um mês. Treinava-se para o verdadeiro desfile a ter lu-gar na capital, aquando das cerimónias centrais. Mi-nha mãe, Dona Mariavilhosa, gabava as belezas de seu marido enquanto dava brilho aos seus farda-mentos. Até peúga nova ela aprontara para o seu homem. Seu Fulano seria o mais elegante no ensaio da parada militar, anunciada para essa tarde.

Não aconteceu assim, afinal. Enquanto, nas ruas da vila, as tropas desfilaram as pré-vitórias, meu pai despiu a sua farda e se guardou em casa. Mariavi-lhosa, triste, desistiu de argumentar. Juca Sabão, que acorria para se juntar à multidão, nem acreditava que o herói libertador se sombreava no resguardo do lar, alheio ao mundo e ao glorioso momento.

— *Que faz, Fulano? Não vai desfilar?*

— *Porquê?*

— *Porquê? Você não devia estar no ensaio das comemorações?*

— *Para comemorar o quê?*

— *A independência! Ou não está feliz com a independência?*

Meu pai não respondeu. Ele queria dizer que a independência que mais vale é aquela que está dentro de nós. O que lhe apetecia celebrar era o vivermos por nosso mando e gosto. Em vez disso, porém, meu velho apenas encolheu os ombros:

— *Estou feliz, sim. Muito feliz.*

— *E então?*

— *Mas vou ficar aqui, a fazer companhia a minha mulher. Faz anos que não assisto um poente junto com ela.*

A mão dele pousou sobre a barriga da mulher. Ela demorou um instante, em silêncio. Depois, sorriu, orgulhosa pela escolha dele.

Mais noite, porém, minha mãe insistiu que ele fosse aos preparativos da festa. Não tardaria que, nos céus da Ilha, se erguesse a bandeira, mastroada, altiprumada. Mas Fulano escusou-se. A esposa, Mariavilhosa, vincou palavra: como seria possível ficar indiferente com a subida da bandeira, o pano de toda espera, o desfraldar de toda esperança? Fulano não se esforçou a explicar. Palavras foram estas poucas:

— *Se é para aclamar bandeira eu escolho o redondo de sua barriga.*

A esposa entendia? Ela sacudiu vagamente a cabeça. Ainda disse:

— *Daqui a um mês a bandeira vai subir. Quem sabe se isso acontece quando eu estiver a dar à luz este nosso filho?*

Nenhum dos dois, contudo, podia adivinhar o que estava guardado para esse anunciado dia. Naquele momento, meu velho se sentou, grave. E falou. Aqueles que, naquela tarde, desfilavam bem na frente, esses nunca se tinham sacrificado na luta.

E nunca mais Fulano falou de políticas. O que dele a vida foi fazendo, gato sem sapato? Saí da Ilha, minha mãe faleceu. E ele mais se internou em seu amargor. Eu entendia esse sofrimento. Fulano Malta passara por muito. Em moço se sentira estranho em sua terra. Acreditara que a razão desse sofrimento era uma única e exclusiva: o colonialismo. Mas depois veio a Independência e muito da sua despertença se manteve. E hoje comprovava: não era de um país que ele era excluído. Era estrangeiro não numa nação, mas no mundo.

Poucos foram os momentos que conversámos. No sempre, meu pai foi severa descompanhia: nenhuma ternura, nenhum gesto protector. Quando me retirei de Luar-do-Chão, ele não se foi despedir.

— *Despedida é coisa de mulher* — ainda lhe escutei dizer.

Na cidade, permaneci anos seguidos. Dele não tinha notícia.

— *Dar notícias é coisa de homem fraco* — assim dizia Fulano Malta.

Anos depois, inexplicavelmente, ele surgiu na cidade. E se instalou no meu quarto. Ainda pensei que ele vinha diferente, mais dado, mais pai. Mas não. Fulano permanecia o que sempre fora: calado, cismado, em si vertido. Evitando, sobretudo, o gesto paternal.

Meu velho vinha à cidade pedir apoio a seu irmão, o enriquecido Ultímio. Não imagino o que ele acreditava ser seu direito: se um emprego, um negócio, uma facilidade de parente. Sei que, logo na primeira tarde, visitou o Tio Ultímio. O que os dois falaram nunca se soube. O que se passara, no entanto, rasgara o coração de meu velho. Uma última porta nele se fechara.

Regressado a casa, meu pai se costurou em silêncio. Dias seguidos ele se conservou fechado no quarto. Impossivelmente, os dois desconvíviamos. Nos evitávamos, existindo em turnos. Certa vez, ele anunciou que ia visitar os Lopes, meus padrinhos portugueses. Tarde de mais. Meu velho desconhecia que eles já tinham regressado a Portugal. Razões de discordância com o novo regime, assim se acreditava. Ninguém sabia de outros, mais privados, motivos. Enquanto vivi em casa dos Lopes testemunhei que Dona Conceição sempre que podia regressava à nossa Ilha. Nem pretexto carecia: volta e não-volta, lá estava ela no ferry-boat cruzando o rio rumo a Luar-do-Chão. O que a fazia regressar? Um roer de saudade? Para Frederico Lopes, o marido, aquilo era pretexto de zanga e desconfiança. Pairava entre o casal uma tensão de que eu só fugazmente me apercebia. Recordo que, certa vez, deparei com uma fotografia de minha mãe na mesa-de-cabeceira do casal. Me espantei por ver ali, emoldurado, o rosto de Mariavilhosa. Dona Conceição me passou o braço enquanto apontava o retrato:

— *Era linda, não era?*

O seu marido Frederico acabara de entrar no aposento e interrompeu a conversa. A voz lhe estremecia quando falou:

— *Era linda mas não é aqui o lugar onde essa foto deve estar...*

— *Você sabe muito bem, Frederico, o motivo desta fotografia estar aqui. Ou não sabe?*

Uma tensão quase insuportável dominava o quarto. Esse mal-estar tornou-se numa carga explosiva na iminência de deflagrar. Até que Conceição compareceu, uma noite, lágrima escorrendo no rosto escurecido. A mancha sob o olho não deixava dúvida sobre a causa do escondido soluço dela. Lopes me deu ordem para que os deixasse a sós e fosse entreter horas no jardim vizinho.

— *E leve essa foto que é a da sua mãe.*

No dia seguinte, juntei à moldura todos os meus haveres e saí de casa dos portugueses. Não tardou a que eles se retirassem do país, retornando a Lisboa para sempre. Tudo isso meu pai desconhecia, longe que estava da cidade. Fulano Malta escutou as novidades sobre os Lopes e, desde então, pareceu ficar mais ausente, mais enclausurado em seu aposento.

Certa noite, ao chegar a casa deparei com Tio Ultímio. Tinha vindo visitar-nos. Trouxera uma garrafa de uísque e uma lata de castanha de caju. Saudei-o, com reservado espanto. Nunca ele batera em minha porta. Anunciou-se: viera encontrar-se com seu irmão Fulano, entendera acalorar palavra com ele. Meu pai estava afundado no velho sofá, um copo com gelo tilintando na sua mão. Era óbvio que já tinham trocado azedumes, havia uma atmosfera que ainda pesava. Um silêncio se demorou, óleo viscoso fazendo emperrar as falas. Ultímio levantou-se para se servir de castanha. Ficou de pé, mastigando ruidosamente. Meu pai lhe atirou, então:

— *Esse caju não lhe faz lembrar nada?*

— *Nada...*

Fulano ergueu-se, parecia projectado por demónios. Os olhos dele tinham mau hálito, tais eram as fúrias. Que a ele a castanha de caju lhe fazia lembrar a mãe, Dulcineusa. E lhe dava um aperto recordar como as mãos dela foram perdendo formato, dissolvidas pela grande fábrica, sacrificadas para seus filhos se tornarem homens.

— *Você ainda consegue mastigar isso?*

Num encontrão fez tombar as castanhas. Depois, pisou-as uma por uma.

— *Saia daqui, já. Saia, Ultímio!*

Aquele era o quarto do seu filho. Lugar modesto que Ultímio nunca tinha visitado, nem para saber quanto eu necessitaria de ajuda.

— *Este aqui é um cantinho remediado, não é como a casa dos seus filhos.*

— *Meus filhos estão a estudar no estrangeiro, como é que você, Fulano, pode falar da casa deles?*

— *Exactamente, eu não posso falar nem da casa nem da vida deles. Porque seus filhos são meninos de luxo. Não cabem nesta casa que é o país inteiro.*

— *Não quero ouvir mais merda. Eu vim aqui para lhe oferecer ajuda, somos família...*

— *Não somos família. Esse é que é o ponto, Ultímio.*

Tio Ultímio saiu, batendo a porta. Quis rectificar, mas a voz de Fulano Malta se impôs, alta e sonante.

— *E não venha nunca mais!*

Jantámos em silêncio. Meu velho se ajeitou com uns magros restos. Escutei-lhe o mastigar, depois o engordado bocejar. Comecei a arrumar os bolsos, anunciando sem palavra minha intenção de sair. Já quando cruzava a porta, meu pai me dirigiu as falas. Era um raspar de voz, envergonhado.

— *Filho, você que tem experiências na vida, me ajude.*

— *O que passa, pai?*

— *Me leve, lá.*

— *Lá onde?*

— *Lá, às putas.*

— *Como diz?*

— *É que eu nunca fui às meninas, nem sei como é. Lá em Luar-do-Chão não há.*

Nem acreditava no que escutava. Depois, me veio o riso, incontível. O que sucedia naquela velha cabeça? Será que a viuvez lhe descera aos órgãos? Olhei o meu pai ali, no meio da sala, com calças de pijama e camisola interior, parecia ser ele o órfão da casa. E me pesou, pela primeira vez, o tamanho da solidão daquele homem. Senti um remorso por não ter notado antes aquela sombra derrubando meu velho.

— *Às putas, pai?*

— *Sim. Me conduza lá onde elas se mostram todas despeladas. E me explique como se faz.*

— *Mas há doenças, isso tudo. Os tempos são outros, pai.*

— *Eu não tenho nenhuma doença.*

— *O pai não tem, mas essas moças costumam ter.*

Fulano Malta não se resignava. Não aceitei prolongar o assunto e fechei a porta. A noite me escondeu, a salvo da conversa.

Esperava que fosse assunto passado. Na noite seguinte, porém, a mesma requerência. Ele insistiu, já com chantagem. Se eu não o orientasse nessa excursão, ele iria por sua conta e dano. A discussão azedou, até que lhe gritei:

— *Devia ter vergonha pai, ser eu, seu filho, a deitar-lhe juízo.*

Não respondeu. Com vigor se levantou e abriu uma gaveta. As duas mãos esgravataram as entranhas do armário, rosto desviado em outra atenção. Os gestos bruscos se desenhavam às cegas. O tom era grave quando falou:

— *Veja esses papéis.*

Atirou tudo para cima da mesa. Recolhi os documentos e, gelado, fui tomando conhecimento: ali se escrevia a morte dele. Em letra apressada se rabiscava o prognóstico médico: lhe cabiam quando muito uns escassos dias de vida.

— *Quem escreveu isto?* — a voz me estremeceu.

— *Foi o Amílcar Mascarenha, esse que é muitíssimo doutor.*

Deixei-me abater na cadeira, os papéis me sobrando dos dedos. Aquelas folhas pareciam crescer, já não se via nada senão os gatafunhos mal desenhados do médico. O chão do mundo todo rabiscado em sentença fúnebre. A letra do indiano me travava a voz quando quis falar. Tive que repetir:

— *Amanhã, pai, amanhã vamos.*

— *Promete?*

Abanei a cabeça e saí. Na noite seguinte, meu velho estava de fato e gravata, tinha-se esfregado com pétalas de chimunha-munhuane, essas florzinhas que cercam as casas suburbanas. Sacudi algumas folhas que tinham ficado presas na sua barba.

— *Estou de mais bonito?*

— *De mais, pai. Se eu fosse mulher...*

Levei-o pela avenida, cruzámos luzes, semáforos, anúncios. Eu seguia atrás, tímido, quase medroso. Finalmente, na desiluminada esquina lá estava ela. O vestido reluzente lhe marcava as saliências, convidando aos tresvarios. O velhote deu uns passos tímidos em direcção à moça. E logo se trepadeirou nela.

Fiquei ali, um tempo, como se receasse nunca mais o ver. Depois regressei a casa. O velho reapareceu, pela madrugada, feliz de cantar. E nas outras madrugadas também.

E semanas passaram. No desfiar do tempo, o pai repetindo as nocturnas excursões, nessa felicidade que é, de uma só vez, ter o mundo todo dentro de nós. Se havia lição, o velho aprendeu-a num abrir de olhos e fechar de zipe. Já não necessitava conselho. Noite após noite, lá estava ele, pontualíssimo, espreitando a porta. E saindo assim que o escuro ganhava espessura.

Pior que as prostitutas, porém: começou a desaparecer dinheiro de casa. Custava-me aceitar, mas só podia ser obra de meu pai. Ele passara a roubar, e já não era apenas dinheiro. Desapareciam bens, recordações de sentimento. Quando evaporaram as pequenas heranças de minha falecida mãe eu me desabri, severo:

— *Acabou, pai. O senhor vai sair desta casa, já amanhã.*

Ele não deu luta. Arrumou as suas coisas numa mala e pediu para ficar apenas aquela última noite. A madrugada já se anunciava quando escutei ruídos na cozinha. Era meu velho, debruçado no lavatório. Parecia aflito, respirava mal, uma baba lhe escorria pelo pescoço.

— *Estou morrendo, meu filho.*

Amparei-o para o sofá da sala. Ali ficou, num fiorrapo.

— *Amanhã vou-me embora* — suspirou. A mão na garganta parecia ajudar o trânsito dos ares. — *Amanhã saio, me deixe só respirar um pouco.*

Ficámos os dois em silêncio. Um frio me percorria como se antevisse o velório. Depois, com voz ainda gemente, ele falou:

— *Sabe o que foi o melhor disto?*

— *As miúdas?*

— *O melhor disto tudo foi você.*

— *Como eu?*

— *Foi ter andado consigo aí, pelas vidas. Parecíamos quase manos, sabe? Nestes dias, não fui pai, nem tive idade nenhuma. Entende?*

Depois, adormeceu. A manhã já ia alta e eu ainda ali, cabeceirando o meu velho pai. Espreitei a cidade pela janela entreaberta. Lá fora, a vida desfilava, impávida. Injustiça é o mundo prosseguir assim mesmo quando desaparece quem mais amamos. Será que em Luar-do-Chão alguém adivinharia o estado de meu pai?

Foi quando, entre a multidão, notei que passava o Doutor Mascarenha. Lá ia ele sobraçando sua inevitável pasta preta. Saí, correndo pelas ruas. Quando o interceptei pedi-lhe explicação sobre o diagnóstico que destinara em meu pai.

— *Diagnóstico? Qual diagnóstico?*

— *O senhor não previu a morte do meu velho?*

— *Mas que morte? Ele está melhor que nós ambos juntos.*

Nem sabia se era estar contente aquele bater no meu peito. Acelerei o regresso a casa. Já adivinhava o que me iria esperar. Nada. Era nada o que me aguardava. Meu pai já havia saído. A porta aberta, definitiva. E apenas um rasto desse perfume que ele usava quando se incursionava pelas noitadas.

Ainda hoje aquela porta se conservava assim: aberta. Como se, desse modo, houvesse menos obstáculo para que meu pai regressasse.

## Capítulo seis

# DEUS E OS DEUSES

*Assim esteve Deus, para mim:*
*primeiro, ausente;*
*depois, desaparecido.*

(Fulano Malta)

— *Não é que esteja errada, estou é mal corrigida.*
A Avó insiste. Desde que saímos de casa que vai teclando o mesmo: é domingo e ela não quer ser tratada como inválida. Na realidade, apesar do volume e da idade, Dulcineusa vai seguindo ao meu lado, marcha acertada no meu lento andamento.
— *Em velho, é o que mais tememos: a queda!*
Não é a queda no escuro da cova. Mas o cair no próprio passo, como se o osso já obedecesse à convocatória do chão.
— *É por isso que ando assim, a soletrar a perna.*
Veste de preto. Não é apenas agora por motivo de luto. Vestuário escuro é o que ela sempre enverga quando sai à rua. Desde há anos que o universo dela se divide, simples: a casa e a igreja. Sempre que lhe dizem que vai sair, ela se arranja para a missa.
Hoje acordou insistindo que era domingo. Concedi o dia de mão beijada. Que importância tinha? Dulcineusa tinha sido educada em igreja. O que a fazia crer não era o que o padre falava. Mas porque ele falava cantando. Alguém mais fala cantando?

Algum branco o fazia? O Padre Nunes era o único. Cantava, e quando cantava, no recinto da igreja, em coro e com eco, aquilo era tudo verdade. E isso lhe dava remédio.

— *A cruz, por exemplo, sabe o que me parece? Uma árvore, um canhoeiro sagrado onde nós plantamos os mortos.*

A palavra que usara? Plantar. Diz-se assim na língua de Luar-do-Chão. Não é enterrar. É plantar o defunto. Porque o morto é coisa viva. E o túmulo do chefe de família como é chamado? De yindlhu, casa. Exactamente a mesma palavra que designa a moradia dos vivos. Talvez por isso não seja grande a diferença entre o Avô Mariano estar agora todo ou parcialmente falecido.

Passamos pelo administrador da Ilha. A Avó pára, suspende-se sobre uma perna como se fosse ajoelhar. Embaraçado, o administrador diz:

— *Dona Dulcineusa, eu já disse para não fazer isso!*

— *Sim, senhor administrador. Por favor, não me bata, eu não tenho idade para palmatória!*

O administrador sacode a cabeça. Ele não acredita que se trate de demência. Pensa que se trata de chacota com intenção política bem determinada: Dulcineusa faz de conta que o confunde com o administrador colonial. Apressadamente o governante atravessa a rua, antes que se juntem os curiosos.

A Avó não deixa nunca de falar, convencendo-me de que não há, na nossa família, quem detenha mais juízo. O que ela quer dizer é que devo apoiá-la na sua luta maior: que o moribundo seja abençoado pela religião católica. E que o padre tome conta dos restantes preceitos e cerimónias. Afinal, o encomendado caixão ainda está lá, em casa, à espera do corpo e da derradeira bendição.

É por isso que vamos tomar palavra com o Padre Nunes, que há mais de trinta anos presta serviço na Ilha. Não posso imaginar Luar-do-Chão sem a sua serena presença, como se ele fosse já essência do nosso lugar.

Quando entro na igreja entendo melhor a insistência da Avó. Em contraste com a decadência do bairro, a igreja está pintada, mantida, e até um pequeno jardim envaidece a cercania. É o mais antigo dos edifícios, um templo contra o tempo. Num mundo de dúvidas, onde tudo se desmorona, a igreja surge como a memória mais certa e permanente.

Padre Nunes saúda-me com seu modo fraterno, suas falas mansas. Os «esses» se arredondam em «xis» e o idioma se torna mais doce. Aquele sossego no interior da igreja sempre produziu em mim o mesmo instantâneo efeito: uma enorme sonolência. Nunca pude ceder a essa vontade de me deitar e ali dormir dias a fio. Não será agora que cumprirei esse desejo. O padre me conduz à sacristia enquanto a Avó vai rezando junto ao altar.

— *Os estudos, Mariano?*

É o primeiro a querer saber do que faço na cidade. Foi ele quem me baptizou, ele me ajudou nas primeiras leituras. Nunes é como que um tio para além da família, da raça e da crença.

— *E como está o teu pai?*

Pergunta-me antes de eu responder à sua primeira questão. Ele sabe que meu pai há muito que perdeu fé no deus dos católicos. Para ele era claro: Fulano tinha a sua fé exclusiva, fizera uma igreja dentro de si mesmo.

— *Teu pai lutou para que fôssemos todos ricos,*

*partilhando essa grande riqueza que é, simples-
mente, não haver pobreza.*

Tinham tido sérias desavenças. No entanto, ninguém para ele merecia maior respeito em toda a
Ilha. Na altura em que meu pai decidiu juntar-se à
guerrilha, o Padre Nunes foi chamado pela família a
pedido de Dulcineusa. O português pediu a meu
pai que reconsiderasse. Mas fazia-o a contragosto.
É isso que agora me confessa: na altura, lhe apeteceu estar no lugar de Fulano Malta. Uma secreta inveja o roía por dentro. Queria ser ele a partir, a
romper com tudo, em trânsito para um outro ser.
Não era que concordasse com os ideais de Fulano.
Estava era cansado. A injustiça não podia ser mando divino. E a sua instituição se acomodara tanto,
que parecia ajoelhar-se mais perante os poderosos
que perante Deus.

— *Imagino quanto teu pai sofre a ver tudo o
que está acontecer.*

Mas a miséria em Luar-do-Chão era, para o sacerdote, somente uma antevisão do que iria acontecer com as nações ricas. A violência dos atentados
nas grandes capitais? Para ele era apenas um presságio. Não era só gente inocente que morria. Era o
colapso de todo um modo de viver. Pena era não
haver uma crença para onde fugir, como fizera Fulano Malta há vinte anos.

— *Mas não tem esperança, padre?*

— *Se disser que não tenho esperança como é
que posso manter crença em Deus?*

Baixa os olhos como se fechasse a conversa. Levanta-se e mostra-me o caminho para irmos ter com
Dulcineusa. Um cheiro estranho me invade o peito.
Um eflúvio de bicho, tenho quase receio em re-
conhecer.

— *Não vos cheira a animal?*

A Avó não permite a resposta. Interpela o Padre Nunes:

— *Posso pedir para extremar a unção em Dito Mariano?*

— *Isso eu já fiz, Dona Dulcineusa. Não se recorda?*

— *É melhor passar os óleos mais uma vez. Uma segunda demão. O senhor padre não conhece o meu marido. Aquele não é de olear facilmente.*

O padre sorri para mim, indulgente. A Avó aponta uma vela sobre o parapeito:

— *Esta acendi agora para o meu defunto marido.*

— *Mas, afinal, confirma-se que ele já morreu?*

Ficava como prevenção, responde a Avó. Para acordar o anjo da guarda. O padre sorri. Sabia Dulcineusa o que seu marido sempre dizia? Pois ele passava a vida repetindo:

— *O meu anjo, felizmente, nunca me guardou.*

Nunes sabia que as rezas do nosso patriarca nunca foram voltadas para nenhum deus. Ou talvez tivesse outros deuses só dele. Essas divindades, de qualquer modo, deveriam ser bonitas. Que não o abandonavam nesse período em que ele se suspendia entre a vida mortal e a vida imortal.

Nos retiramos quando, de supetão, dou de caras com um burro. Salto, de susto, ante o inesperado da visão. O que fazia uma alimária no recinto sagrado das almas? Estava explicada a origem do cheiro que ainda há pouco senti. O padre desafia-me:

— *Dou-lhe um prémio se o conseguir tirar daqui.*

Nem faço tenção. O burro me contempla com seus olhos de água empoçada. Havia tal quietude naquele olhar que fiquei em dúvida se a igreja seria, afinal, sua natural moradia.

— *A tua avó te explica, depois, os motivos da presença deste burro.*

À porta da igreja nos despedimos de Nunes. Ele me saúda, à maneira do lugar, volteando a mão em redor do polegar.

— *Vou de férias, saio amanhã* — anuncia. E lendo o meu rosto, adianta: — *Também temos férias.*

— *Entendo que esteja cansado.*

O que mais o fatigava não eram os afazeres religiosos. Era o desrespeito pela vida, pelos homens. Como fora esse caso em que um barco naufragara e morreram dezenas de pessoas.

— *O quanto sofremos nós nesse dia, lembra, Dulcineusa?*

— *Nem fale, senhor padre.*

— *E ainda está preocupada que eu não encaminhe a alma do velho Mariano? Não esqueça desses, tantos, que não tiveram enterro.*

— *É assim a ganância, padre: uns possuem, outros são possuídos pelo dinheiro.*

Dulcineusa já me havia falado desse barco que afundara, a poucos minutos de ter saído do cais, sobrecarregado de pessoas, madeiras e mercadorias. O padre tinha escrito para o jornal a denunciar os responsáveis. A partir desse dia, ele passou a receber ameaças. Acusavam-no de ser branco, de ser racista, de não se ater a suas obrigações religiosas. Isso provocara nele um cansaço de que nunca se iria restabelecer. Sua voz é frágil quando me indaga:

— *E tu, Mariano, vais ficar por aqui?*

Que remédio, me apeteceu responder. Pode-se dar férias ao parentesco? Em silêncio, olho em volta. Cercado pelo sossego da pequena igreja me apetecia, naquele momento, deixar de ser filho, neto, sobrinho. Deixar de ser gente. Suspender o coração como quem pendura um casaco velho. Fazer como o velho Mariano. Ou ficar por ali, suspenso no sossego da igrejinha, fazendo companhia ao burrico. Dulcineusa me apressa:

— *Vamos, que o seu Avô está lá sozinho.*

Lhe ofereço o ombro para ela se apoiar enquanto vai vencendo os degraus. Por nós passa o tractor carregado de troncos. O motorista acena simpatias, engordando um sorriso no rosto já largo. A Avó está parada, sacode uma sandália. Recuo para a ajudar. A sua fala desfocada me surpreende:

— *Muito obrigado, senhor padre.*

— *Avó, sou eu, seu neto.*

Bate com a sandália para fazer cair a areia. Tem um só pé no chão, vai bamboleando amparada no meu corpo.

— *Mas você não quer ser padre?*

— *Nunca pensei nisso, Avó.*

— *É pena, você é tão bom escutador.*

As ruas estão cheias de crianças que voltam da escola. Algumas me olham intensamente. Reconhecem em mim um estranho. E é o que sinto. Como se a Ilha escapasse de mim, canoa desamarrada na corrente do rio. Não fosse a companhia da Avó, o que eu faria naquele momento era perder-me por atalhos, perder-me tanto até estranhar por completo o lugar.

De novo me chegam os sinais de decadência, como se cada ruína fosse uma ferida dentro de mim. Custa a ver o tempo falecer assim. Levassem o passado para longe, como um cadáver. E deixassem-no lá, longe das vistas, esfarelado em poeira. Mas não.

A nossa ilha está imitando o Avô Mariano, morrendo junto a nós, decompondo-se perante o nosso desarmado assombro. Ao alcance de uma lágrima ou de um voo de mosca.

— *Posso lhe pedir uma coisa, meu neto?*

— *Claro que pode, Avó.*

— *Quando dissermos as boas-noites, lá em casa, posso tratá-lo de «senhor padre»?*

É que ela tinha uma confissão para ser ajoelhada em troca de clemência. Eu seria o primeiro a escutar esse abrir de peito. Afinal, nem esperou que chegássemos a casa porque logo ali, de adiantado, ela desabafou:

— *Fui eu que matei o seu Avô!*

Sorrio, mas sem vontade. O sorriso é minha resposta por não saber como reagir. Dulcineusa não dá tempo, prosseguindo:

— *Eu sempre o quis matar, senhor padre. Sempre. Esse homem fez-me tanto mal, com essas amantes dele. E agora, sabe o que aconteceu?*

— *Diga, diga sem medo.*

— *Agora, que está morto, só quero que fique vivo outra vez.*

## Capítulo sete

# UM BURRO ENIGMÁTICO

*Quando a terra
se converte num altar,
a vida se transforma numa reza.*

(Padre Nunes)

Eu nunca imaginei quanto a ilha se tinha magoado com o naufrágio. Era como se todo o destino de Luar-do-Chão tivesse ficado coberto por essa mácula. Só entendi o peso daquela memória quando a Avó Dulcineusa me falou do burro que tínhamos encontrado em plena casa de Deus.

A presença do animal me tinha intrigado. Tanto que, de noite, o bicho tinha espreitado o meu sonho. Não fora um pesadelo. Olhar de burro está sempre acolchoado de um veludo afectuoso. Mas aqueles olhos eram mais do que isso. Possuíam humaníssima expressão e me convidavam para travessias que me inquietavam, bem para além da última curva do rio.

Acordo, estremunhado, apressado em esclarecer a estranheza que eu recolhera na visita ao Padre Nunes. Surpreendo a Avó na cozinha, em preparo de refeição. Pela janela escuto a sua lengalenga, monotónica. A Avó sempre recitava enquanto preparava a comida. Era uma reza invariavelmente repetida: *semente na terra, pão no forno, a gota no ventre, este mundo está grávido e nunca mais é pai.* Interrompo a cantilena e lhe atiro a pergunta mesmo antes dos bons-dias:

— *Avó, me explique esse burro, lá na igreja!*

— *O burro?*

— *Sim, como é que um burro vive numa igreja?*

— *Qual é o problema? Jesus não tinha um burro do lado do berço?*

Está a fugir da resposta. Insisto tanto que ela se senta, suspirando fundo. Em seu rosto passa uma sombra tão espessa que até a voz lhe escurece. Diz que eu faço mal em querer saber. Como se naquele tristonho animal, assim tão hereticamente posto em lugar santo, estivesse o mistério de todo o universo. A avó molha o dedo indicador como fazem os contadores de dinheiros. Sempre que a conversa se adivinha longa, ela recorre àquele tique como se se preparasse para desfolhar um pesado livro.

— *A história desse burro começa no dia do desastre.*

Recordava-se de tudo o que ocorrera no dia da tragédia do barco. Naquela manhã ela fora ajudar o Padre Nunes a cuidar dos afazeres. O dia despertara aberto e claro. De súbito, porém, uma inesperada ventania chicoteou os céus. As nuvens se carregaram como se fossem cabides de roupas escuras penduradas junto às casas. Dulcineusa apressou o passo para se resguardar na casa de Deus. Encontrou o Padre Nunes sentado num degrau do altar. Absorto, o português escutava a chuva timbilando no tecto da igreja. Era uma bátega estranha, dessas que chegam sem anúncio e, num instante, fazem o céu dissolver-se todo inteiro.

Umas pancadas apressadas na porta não alteraram a meditação do sacerdote. Continuou olhando a vela no altar. A cera derretida demorava uma peri-clitância, como hesitante lágrima no topo da vela. Depois desabava, em súbito serpenteio, até perder o fôlego e se estancar sólida, alto-relevada. Com o dedo o padre remoldava a vela como se fosse um brinquedo por terminar.

Quando a porta já estrondeava, o padre chamou a Avó Dulcineusa. Que fosse ver quem era. A Avó pousou as flores que trazia sobraçadas. Como sempre fazia, ela substituía as flores verdadeiras por umas de plástico que lhe traziam da cidade. As flores silvestres com que o padre decorava o átrio eram lançadas pela janela e trocadas por mal acabadas imitações. O plástico, dizia ela, é que é a eternidade. Não se pode, neste lugar, manter coisa perecível. Mesmos nós, as humildes criaturas, naquele recanto, nos tornávamos eternos.

— *Quem é?* — perguntou o padre.

A velha espreitou pela fresta e anunciou:

— *É João Loucomotiva.*

O padre suspirou. João era um antigo guarda-freio emigrado lá na cidade e que enlouqueceu quando os comboios deixaram de circular. O homem regressou à ilha, mas uma parte dele ficou para sempre junto de uma estação ferroviária à espera do lento suspiro dos trens. Que pretendia o velho tresloucado àquela hora? Quando Dulcineusa abriu a porta, o padre, meio ofuscado pela claridade exterior, apenas vislumbrou um burro. Um jumento tão encharcado que as orelhas lhe tombavam, sob o peso. Só depois descortinou o vulto de João Loucomotiva.

— *Entre, por amor de Deus.*

O antigo ferroviário sacudiu as mangas do casaco e passou a mão, em concha, a recolher o molhado que lhe escorria pelo rosto.

— *Entre, meu amigo. Mas entre sem o burro.*

Tarde de mais. O asno já se instalara no abrigo e recusava o uso da força para voltar a transpor a porta. O bicho empancara, cheio de testa, todo o corpo teso. João Loucomotiva desistiu de empurrar o animal. O padre acabou aceitando a desordem natural das coisas. O asno escoiceou no chão e o som do casco ressoou pelo recinto. Era a proclamação da sua tomada de posse.

— *Mas que raio de burro é esse? O bicho é seu?*

— *Esse burro vinha no barco.*

— *Mas que barco?*

— *Já falo tudo, senhor padre.*

— *Então fale, homem de Deus!*

— *Eu venho porque me mandaram chamar o senhor.*

— *Mandaram-me chamar?*

— *Por causa do desastre.*

O padre pensou em silêncio: pronto, lá me vem ele com o devaneio do desastre. Fazia parte do delírio de João escutar comboios descarrilando nos pântanos, despenhando-se das pontes e dissolvendo-se no escuro dos túneis. Nunes pediu a Deus que o abastecesse de paciência e abrigasse aquela descarrilada criatura como se a igreja fosse a estação de caminhos-de-ferro que o desvairado há tanto procurava. Abriu os braços em direcção a Loucomotiva e pensou: sou um espantalho, tão pobre e falhado que, em vez de afastar, acabo atraindo a passarada. E este que acabou de entrar é um pássaro, tão pássaro quanto os verdadeiros, de pena e asa.

— *Não foi o comboio, senhor padre. Foi o barco, o barco que se afundou.*

— *O barco afundou? Quando?*

— *Esta madrugada. Este burro vinha no barco, foi o único que se salvou.*

A primeira coisa que o padre fez foi ajoelhar-se e benzer-se. O silêncio que se impôs enquanto ele rezava parecia ser respeitado até pelo burro que, olhos cheios, contemplava, imóvel, o português. E assim se ficou, tudo em divino silêncio até que o padre se ergueu e abriu as portadas. Parara de chover e uma estranha quietude pairava sobre a encosta. Foi então que se escutaram os lamentos, gritos e prantos vindos do rio. As mulheres hasteavam a sua tristeza, sinal que a morte já procedia à sua colheita. Dulcineusa soltou as flores e saiu correndo. O padre seguiu a Avó, repuxando a batina para andar mais célere. João Loucomotiva retirou-se, sem pressa, cuidando de confirmar se, entretanto, o quadrúpede não abandonava o templo.

No rio ainda havia buscas mas não restava esperança de encontrar sobreviventes. A tragédia acontecera nas primeiras horas da manhã. Os corpos se afundaram para sempre na corrente. O casco do barco, meio tombado, ainda flutuava. Sobre o fundo enferrujado, podia ler-se o nome da embarcação pintado a letras verdes: Vasco da Gama. Fazia ligação com a cidade e, como sempre, ia sobrecarregado de gente e mercadoria. A ambição dos novos propietários, todos reconheciam a meia voz, estava na origem do acidente. Sabia-se o nome dos culpados mas, ao contrário das letras verdes no casco, a identidade dessa gente permaneceria oculta por baixo do medo.

Agora se entendia a súbita alteração dos elementos, nas primeiras horas da manhã. Quando o barco foi engolido pelas águas, o céu da Ilha se transtornou. Um golpe roubou a luz e as nuvens se adensaram. Um vento súbito se levantou e rondou pelo casario. Na torre da igreja o sino começou a soar sem que ninguém lhe tivesse tocado. As árvores todas se agitaram e, de repente, num só movimento, seus troncos rodaram e se viraram para o poente. Os deuses estavam rabiscando mágoas no fundo azul dos céus. Os habitantes se apercebiam que o que se passava não era apenas um acidente fluvial. Era muito mais que isso.

À medida que tomava conta da tragédia, o padre ia perdendo o esclarecimento, mais apalermado que o próprio João Loucomotiva. Retirou os óculos e atirou-os para o capim. Dulcineusa foi no seu encalço para lhe entregar o que ele havia deixado cair. Mas o religioso fez questão em negar. Preferia deixar de ver.

E assim, pitosguiando aos tropeções, o sacerdote começou a deambular sem destino, parecendo que, para ele, qualquer direcção lhe servia. Dulcineusa seguia-o à distância, pesarosa por estar a assistir ao desintegrar do espírito do seu guia religioso. Rezava baixinho para que fosse coisa passageira mas o padre não dava mostras de recuperar. Perto dos pântanos, por fim, ele se deteve frente à casa do feiticeiro Muana wa Nweti. Após uma hesitação entrou na obscuridade da palhota. Pediu ao feiticeiro:

— *Atire os búzios, Muana wa Nweti.*

O adivinho, intrigado, levantou os olhos. O padre insistiu, encorajando: ele que atirasse os búzios que ele queria saber do seu destino, agora que os anjos o tinham deixado tombar, sem amparo, no vazio da incerteza.

— *Deixe os búzios falarem.*

Dulcineusa, por respeito, se retirou. Nunca chegou a saber que vaticínios o adivinho tinha detectado no futuro do português. Mas isso não a incomodava tanto quanto o clérigo ter aceitado sentar-se no pátio do adivinhão. A que ponto estava desorientado para sujeitar-se àquilo que sempre condenara?

Quando o padre saiu da consulta ela, de novo, o foi seguindo enquanto insistia com doçura:

— *Padre, os seus óculos.*

Nunes regressou à igreja e preparava-se para lá se fechar quando se virou para Dulcineusa e balbuciou qualquer coisa que ela não entendeu. A Avó aproveitou para sanar a curiosidade que lhe fervilhava por dentro:

— *Esse feiticeiro disse o quê, senhor padre?*

Nunes fitou-a com um ar tão embriagado que, por um momento, a velha Dulcineusa acreditou que Muana wa Nweti lhe tinha feito beber algo. Após uns segundos, o sacerdote falou:

— *Esse burro, Dona Dulcineusa. Prometa-me que vai tratar dele.*

— *Tratar dele?*

Nunca a Avó se esclareceu sobre os tratamentos a aplicar na besta. Nunes se enclausurou em estranho alheamento. Passaram-se dias sem que se rezasse missa em Luar-do-Chão. O sacerdote saía manhã cedo e só à noite regressava. O único fiel ocupante da igreja era o burro. O bicho, com sua silenciosa sapiência, nunca mais se iria retirar da igreja, mais praticante que um beato.

Durante esse tempo, o padre rezava sozinho na margem do Madzimi. A Avó passou a servir de uma espécie de sacristão de campanha. Para ali conduzia as flores de plástico e as espetava em redor da rocha onde o padre agora se ajoelhava.

Certa vez, quem compareceu nesse descampado foi Fulano Malta. Dulcineusa muito se admirou.

O que faria ali esse seu arrevesado filho? Fulano se apresentou e disse que vinha conversar.

— *Confessar?* — perguntou o padre.

Confessar, podia ser, aceitou Fulano. Mas não conversou, nem confessou. Ficou calado, fazendo coro com o silêncio de Nunes. Sentados, os dois contemplaram o rio como se escutassem coisas só deles. Até que, por fim, meu pai decidiu falar:

— *Quem tinha razão era Mariavilhosa.*

— *Razão de quê?*

— *Precisamos plantar um embondeiro.*

— *Um embondeiro onde?*

— *No rio, padre. No fundo do rio. Se quisermos recuperar os náufragos temos que estancar a corrente.*

Dulcineusa, atenta, aguardou a resposta do sacerdote. Queria confirmar se não estariam os dois loucos, afectados pelo acontecer e desacontecer em nossa Ilha. O padre nada respondeu. Ele sabia o que Fulano estava referindo. Nunes conhecia a sua história e de sua mulher Mariavilhosa. Sabia como o destino de ambos estava ligado ao rio Madzimi.

O padre ainda se recordava de como, há uma trintena de anos, tudo começara entre os dois apaixonados. Numa longínqua tarde, o ainda jovem Fulano se juntara à multidão para assistir à chegada do Vasco da Gama. Entre os marinheiros ele notou a presença de um homem belo, de olhos profundos. Fulano se prendeu nesses olhos. Estranhou aquele apego às feições de alguém tão macho quanto ele. Não era tanto os olhos mas o olhar que o outro lhe dedicou, furtivo e, contudo, cheio de intenção. Fulano se interrogou, amargurado perante aquela atracção. Estaria doente, seria doente?

Contrariando os seus hábitos, Fulano Malta até se chegou a confessar. Nunes escutou em silêncio a admissão daquela paixão proibida. Meu pai estava obcecado: aquilo não podia estar sucedendo com ele.

— *Padre, eu sou normal?*

De nada valeram as palavras tranquilizadoras do padre. A angústia, em meu pai, crescia com a irreprimível paixão. Certa vez, seguiu esse marinheiro e lhe pediu explicação de alguma nenhuma coisa. Apenas pretexto para tenção e intenção. O marinheiro respondeu evasivamente, e solicitou que nunca mais lhe fosse dirigida palavra. Que ele era um fugitivo da outra margem, escapadiço de perseguições políticas. Lhe custava até falar. O rigor daquele serviço no barco agravara a fraqueza que a prisão lhe trouxera. Daí a sua aparência frágil, seus modos escassos.

Meu pai ficou de pé retaguardado. O estranho, com aquela desculpa, se rodeava de acrescido mistério. Fulano ainda mais preso ficou. O barco chegava, e ele ficava contemplando as manobras de atracagem. E se concentrava, embevencido, nos gestos dolentes e frágeis do marinheiro. Uma noite escura, ele seguiu o embarcadiço enquanto este enveredava por trilhos escuros. Foi dar a casa do Amílcar Mascarenha. O médico veio à porta, policiou os olhos pela rua e fez com que o marinheiro entrasse.

Fulano se emboscou, peneirando na penumbra. Dali podia testemunhar o que se passava no interior. O médico mandou o embarcadiço tirar o casaco de ganga. Notou-se, então, que uma ligadura lhe apertava o peito. Deveria ser ferimento extenso, tal era a dimensão da ligadura. Quando o pano, enfim, se desenrolou, o espanto não coube em Fulano

Malta, pois se tornaram visíveis dois robustos seios. O marinheiro, o enigmático marinheiro era, afinal, uma mulher! Fulano Malta respirou fundo, tão fundo que não notou que irrompia pela casa de Mascarenha e surpreendia a bela mulher meia despida. A moça nem se tentou proteger. Rodou em volta da mesa, olhos nos olhos de Fulano, enfrentando-o como se uma alma nova lhe viesse. Depois, cobriu--se com uma capulana e saiu. Fulano Malta sentou-se, abalado por aquela descoberta.

O médico então lhe contou toda a história: aquela moça era Mariavilhosa. Vivia mais a montante, num recanto do rio que poucos visitavam. Há uns meses, a desgraça tinha vindo ao seu encontro: fora violada e engravidara. Para abortar, no segredo, Mariavilhosa fizera uso da raiz da palmeira Lala. Espetara-a no útero, tão fundo quanto fora capaz. Mascarenha encontrara-a num estado deplorável: as entranhas infectadas, sangue apodrecendo no ventre. Ele fez o que era possível. Mas a moça deveria prosseguir um tratamento continuado que só podia ser administrado na capital. Ora, naquele tempo, os negros estavam proibidos de viajar no barco. O Vasco da Gama era só para os brancos. Mariavilhosa o que fez? Disfarçou-se de tripulante. Os marinheiros eram os únicos negros autorizados a embarcar. Ela seria um deles, puxando corda, empurrando manivelas. Fulano se encontrara com esse marinheiro de água doce e o seu coração detectara, para além do disfarce, a mulher da sua vida.

A história teria aqui um fim não fossem as marcas que ficaram em Mariavilhosa. O ventre dessa mulher adoecera para sempre. E não havia cura de que a medicina fosse capaz. Das costuras e cicatrizes escorreria sangue sempre que na Ilha nascesse uma criança.

Mariavilhosa tivera-me a mim, no meio de frustradas tentativas. Uma angústia, porém, permanecia como âncora, amarrando para sempre a capacidade de ser feliz. E isso me torturava. Me parecia que eu era um insuficiente filho, que não havia bastado como realização materna. Ainda hoje essa irresolúvel melancolia de Mariavilhosa me deixava abatido. Agora que minha Avó se recorda de tudo isto eu aproveito para tirar o assunto a limpo:

— *É verdade que minha mãe morreu afogada?*

Afogada era um modo de dizer. Ela suicidara-se, então? A Avó escolhe cuidadosamente as palavras. Não seria suicídio, também. O que ela fez, uma certa tarde, foi desatar a entrar pelo rio até desaparecer, engolida pela corrente. Morrera? Duvidava-se. Talvez se tivesse transformado nesses espíritos da água que, anos depois, reaparecem com poderes sobre os viventes. Até porque houve quem testemunhasse que, naquela derradeira tarde, à medida que ia submergindo, Mariavilhosa se ia convertendo em água. Quando entrou no rio seu corpo já era água. E nada mais senão água. Meu pai ainda se lançou no Madzimi a procurar a sua amada. Mergulhava e nadava para trás e para a frente como um golfinho enlouquecido. Mas sucedia algo extraordinário: assim que ele entrava na água perdia o sentido da visão. Nadava ao acaso, embatendo nos troncos e encalhando nas margens. Até que o fizeram desistir e aceitar a triste irrealidade.

Afinal, o Avô Mariano não estreava as dificuldades da nossa família com as cerimónias fúnebres. Quando se procedeu ao funeral de minha mãe também não havia corpo. Acabaram enterrando um vaso com água do rio.

— *Água é o que ela era, meu neto. Sua mãe é o rio, está correndo por aí, nessas ondas.*

Para encontrar seu original formato seria preciso estancar as águas, plantando embondeiros no leito fundo. E para esse serviço só com ajuda das mãos dos deuses. Assim se dizia em Luar-do-Chão.

O suspiro de Dulcineusa é como um ponto de final no longo relato. Ela esfrega os dedos uns nos outros como se mostrasse que acabara de folhear uma última página. Olha-me bem nos olhos e sorri:

— *Já viu? Tudo isso a propósito de um burro.*

— *E o pai sabe de toda esta história?*

— *O que Fulano nunca soube foi quem violou Mariavilhosa.*

— *E quem foi?*

— *Não lhe posso dizer.*

— *Diga-me, Avó, eu preciso saber.*

Dulcineusa hesita. Recorro ao infalível estratagema de lhe pegar nas mãos e acariciar os dedos.

— *Precisa mesmo de saber, meu neto?*

— *Eu sou aquele que vai continuar-vos, Avó. Preciso saber tudo.*

— *Foi Frederico Lopes, esse seu padrinho que o recebeu na cidade.*

Lopes? Esse homem tão cristão, tão marido, tão metido com as mulheres da sua raça? Deveria ser engano. A julgar pelo seu comportamento público ninguém poderia crer nessa culpa. Mas era certo. E sabido pelo Padre Nunes. No momento, algo se iluminou dentro de mim: a foto de minha mãe na cabeceira de Conceição Lopes! A portuguesa sabia do que acontecera entre o marido e Mariavilhosa. E castigava Frederico com a imposição da presença, mesmo junto ao leito conjugal, do rosto de minha mãe.

O Padre Nunes estava a par de tudo e não se perdoava a si mesmo absolver e reabsolver esse

Lopes nas confissões de domingo. Como, entretanto, foi absolvendo outras mais novas excelências cheias de poses e posses mas de mãos sujas de crimes. Talvez fossem esses os cansaços que ele referira. A Avó remira os dedos dela entrelaçados nos meus e vai falando pausadamente:

— *É por isso que estou tratando desse jumento trazido pelas águas.*

— *Não entendo a ligação, Avó.*

— *Esse burro não é só um bicho.*

— *Ora, avó, o burro é um burro.*

— *Vou-lhe dizer, meu neto: em Luar-do-Chão precisamos de um anjo muito mas muito puro. Mas o anjo que aqui permanecesse perderia, no instante, toda a pureza. Talvez você, Marianito...*

— *Talvez eu o quê?*

— *Talvez você seja esse anjo.*

*Capítulo oito*

# PERFUMES DE UM AMOR AUSENTE

*Aqueles que mais razão têm para chorar
são os que não choram nunca.*

(Padre Nunes)

Vou pelo corredor, alma enroscada como se a casa fosse um ventre e eu retornasse à primeira interioridade. O molho de chaves que a Avó me dera retilinta em minha mão. Já me haviam dito: aquelas chaves não valiam de nada. Eram de fechaduras antigas, há muito mudadas. Mas a Avó Dulcineusa guardava-as todas, porque sofria de uma crença: mesmo não havendo porta, as chaves impediam que maus espíritos entrassem dentro de nós.

Agora, confirmo: nenhuma chave se ajusta em nenhuma fechadura. Excepto uma, no sótão, que abre a porta do quarto de arrumos. Entro nesse aposento obscuro, não há lâmpada, um cheiro húmido recobre tudo como um manto. Deixo a porta entreaberta, para receber uma nesga de claridade.

De rompante, a porta se fecha. Sou engolido pelo escuro ao mesmo tempo que um corpo me aperta, com violência. Perco o equilíbrio, me recomponho e, de novo, o estranho se lança sobre mim. Não existe dúvida: estou sendo agredido, vão-me matar de vez, serei enterrado antes mesmo do Avô

Mariano. Tudo isso relampeja em minha cabeça enquanto, sem jeito nem direcção, me vou defendendo. Luto, esbracejo e, quando intento gritar, uma mão cobre a minha boca, silenciando-me. O intruso em meu corpo se estreita, ventre a ventre, e sinto, pela primeira vez, que se trata de uma mulher. Os seios estão colados às minhas mãos. Aos poucos, o gesto tenso afrouxa e o arrebatado vigor se vai reconvertendo em ternura. E já não é a mão que me recobre a boca. São lábios, doces e polpudos lábios. Quem é?, me pergunto. Tia Admirança é quem primeiro me ocorre. Podia ser? Não. Admirança é mais alta, mais cheia de corpo. As mãos da mulher são certeiras rodando nos meus botões e me deixando mais e mais despido. De início, resisto. Estou amarrado à interdição de não se fazer amor em tempo de luto. E ainda sussurro:

— *Não podemos, há o morto...*
— *Que morto? Alguém morreu?*

A mulher sem rosto me mordisca no pescoço, engalinhando-me a pele. A voz dela é indecifrável, alteada pela ofegação: esbatida, desfocada, se insinua e me vai invadindo intimidades.

Tudo acontece sem contorno, sem ruído, sem peso. Nunca o sexo me foi tão saboroso. Porque eu sonhava quem amava, sonhando amar naquela todas as mulheres. Admirança seria quem eu mais desejaria que fosse. Mas a carne daquela mulher me parecia de menos despontada idade. Outra seria, dessas tantas convidadas que circundavam pela casa. No final, ainda arfando no escuro, a mulher me passa uma caixa para as mãos.

— *Entregue isto a Abstinêncio.*

E o vulto desaparece, além da porta. Eu bem podia ter espreitado no corredor para corrigir as minhas suspeitas. Mais forte, porém, foi o desejo de deixar em sombra a identidade daquela mulher. Fizera amor, sim, com uma ausência, a quem eu podia entregar o rosto de quem me aprouvesse.

Saio de casa. Respiro um novo ar, afastando de mim aquela lembrança do quarto de arrumos. A minha missão é bem clara: encontrar o médico. Preciso entender o que se passa com o meu Avô. Amílcar Mascarenha é quem melhor me pode ajudar. Quando pergunto por ele nas ruas dizem-me que está nas barracas. É onde os homens da Ilha se reúnem para beber, conversar e ouvir música. As barracas são ao virar da esquina, tudo ali é perto, a meio passo. Encontro Amílcar Mascarenha na tenda de bebidas do mulato Tuzébio. Peço que me acompanhe. Amílcar resiste. Eu que me sente por ali, ele já me encomenda uma bazuca. Sem outro remédio, me abandono sobre um velho caixote, abstraído da confusão reinante.

Por detrás do balcão, Tuzébio me acena, sorrindo. Aponta a garrafa do xidiba ndoda, a aguardente que, em tempos, eu vinha buscar a mando do Avô Mariano.

— *Está aqui a garrafinha à espera!* — anuncia Tuzébio.

— *À espera?*

— *À espera que o seu Avô regresse.*

Quase me dói a certeza no rosto do taberneiro. Ocupo-me, então, do que ali me levou: questiono o médico sobre o estado de meu Avô. Queria esclarecer tudo, em transluzente lógica. Queria saber se meu Avô, já antes, sofria de doença que explicasse aquele desfecho. Ou melhor, aquela ausência de desfecho. E ainda, na incerteza de um epílogo, o que se faria: emitir uma incertidão de óbito? Queria finalmente saber se era explicável, na ciência dos livros, que Avô Mariano me escrevesse cartas.

O médico a nada responde: seu olhar persegue as moças que vão passando. Entendi que o lugar não era apropriado. Peço para sairmos dali. O goês aceita, mas com condição: eu lhe servisse daquele tinto lá de casa, a boa água de Lisboa que ele vira no armário da sala. Lhe garanto que será servido. Sem pagar, o médico se retira do bar.

Amílcar Mascarenha me acompanha, então, pelas vielas sujas da vila. Traz consigo uma velha mala que, outrora, já tinha sido de cabedal. Num edifício em ruínas o médico faz paragem. Procura alguma coisa na parede descascada pelo tempo. Amílcar está debruçado sobre uma mancha que não distingo.

— Vê?

Me aproximo e espreito. Havia um resto de pintura, em letra quase ilegível: «ABAIXO A EXPLORAÇÃO DO HOMEM PELO HOMEM».

— Fui eu que pintei!

Ainda se orgulha, fossem aquelas letras uma arte de autor. Sacode a cabeça e, enquanto se afasta, vai olhando para trás como quem se despedisse de um tempo.

Passamos pela igreja. Agora, sem o Padre Nunes, o edifício surge fragilizado, vulnerável aos abusos do tempo e dos homens. Peço ao médico que me aguarde por instante. Subo a escadaria, saltando degraus, e, já no topo, quase tombo de susto: uma enorme cabeçorra assoma à porta. É o burro que está espreitando a vila, vendo o mundo desfilar. O bicho vai mastigando algo. São flores. Escuto, vinda de dentro, a inconfundível voz de minha Avó Dulcineusa:

— *Entra, meu neto!*

Não entro. Perscruto na penumbra e vejo-a carregando molhos de flores silvestres. Ela torce o pescoço, apontando o asno:

— *Trago esta floragem toda que é para ele se alimentar.*

— *Se ninguém lhe der nada, ele vai ter que pastar lá fora, que é o lugar dele.*

A Avó recebe as minhas palavras com melindre. Em seu andar de pelicano ela se aproxima e murmura-me ao ouvido:

— *Não fala assim, meu neto. Eu já disse: esse burro nem bicho não é.*

A sua voz emagrece ainda mais, não restando senão um esfumado ciciar. Não quer, obviamente, ser escutada pelo jumento:

— *Esse aí é criatura de alma baptizada.*

— *Ora, Avó, só falta o bicho confessar-se, já agora...*

— *Isso não se brinca, Mariano.*

— *Falo sério, Avó.*

— *Não esqueça uma coisa: essa gente toda que desapareceu no rio está, agora mesmo, olhando-nos pelos olhos deste bicho. Não esqueça.*

Beija-me na testa e ordena que me afaste. Junto-me ao médico que, entretanto, foi andando pela Rua do Meio. Chegados a Nyumba-Kaya, dirigimo-nos para o salão das visitas. Descarrego as perguntas todas de uma vez. Mascarenha não responde. Aproxima-se da mesa onde se estende o Avô. Quase automaticamente, o goês toma a mão do falecido.

— *Sente o pulso?*

Ele não responde. Com displicência abre a maleta e me estende um estetoscópio.

— *Quer ouvir?*

— *Não sei mexer nisso. Só quero saber se ele está vivo.*

O indiano tosse, para dar profundidade à vaticinação. Sinais vitais haveria, segundo ele, mas só poderiam ser captados por olhos da alma, secretas janelas do espírito. Os aparelhos médicos não os podiam ler.

— *Diga-me só uma coisa, doutor. Você o levava a enterrar, se tivesse que decidir?*

— *Há muito que eu não tenho que decidir nada. Foi essa a minha última decisão.*

Era por isso que estava ali, em Luar-do-Chão, arrumado na periferia do mundo. Já fora militante revolucionário, lutara contra o colonialismo e estivera preso durante anos. Após a Independência lhe atribuíram lugares de responsabilidade política. Depois, a revolução terminou e ele foi demovido de todos os cargos. Assistiu à morte dos ideais que lhe deram brilho ao viver. A sua raça começou a ser apontada e aos poucos a cor da pele se converteu num argumento contra ele. Amílcar Mascarenha se isolou na Ilha e ganhou refúgio em bebida. Dava consultas de graça, na sua própria casa. A velha e desbotada malinha de mão era o único apetrecho.

Como lhe prometera, vou ao armário e abasteço-o generosamente da reserva de vinho. Amílcar olha o copo à transparência e depois concentra o olhar nas alturas como se, só então, reparasse que não havia tecto. Vai bebendo, lento, olhos fechados ao modo de quem beija. Passa a língua pelos lábios a conferir que nenhuma gota se desperdiça. Só depois me dirige palavra. O seu tom é sério, parece reassumir a postura doutoral: eu que vá ter com Abstinêncio. Só ele pode credenciar a decisão de adiar o enterro.

— *Você foi escolhido pelo morto. Mas Abstinên-cio é o mais velho. Ele é que foi escolhido pela vida.*
Agita o copo vazio, comentando como era trans-parente aquele vidro. É o modo de pedir mais. En-cho, ele me tranquilizando: é a última bebida, o derradeiro pedido. E eu, no poupar do tempo:

— *Concordo consigo, doutor. Irei já agora falar com meu Tio Abstinêncio. Me acompanhe, por fa-vor!*

Antes de sair, recupero a caixa que me fora en-comendada no quarto de arrumos. No caminho para a casa de Abstinêncio, o goês já vai de alma escan-carada, mais falador que o corvo no coqueiro. Meu tio é o único motivo de suas falas. Lembra Abstinên-cio e ri-se dos episódios que rechearam o seu tem-po.

— *Conhece aquela história da pintura da re-partição?*

A vida de Abstinêncio se consumira no bafio da repartição. Todos recordam o zeloso funcionário: sempre o mesmo ombro encostado no mesmo um-bral da porta. Envelheciam ele e o edifício, irmãos da mesma idade. Um dia decidiu-se pintar a reparti-ção e os pintores atacaram de branco paredes, por-tas e janelas. Mas não conseguiam pintar aquele pedaço de madeira onde Abstinêncio se encostava. O homem não arredava do encosto.

— *Só se me pintarem a mim junto* — teimava.

E aquele pedaço de parede ficou para sempre por pintar. Como se ali se desenhasse a ausência desse estranho homem.

Lembrança desatava lembrança. O médico se comprazia em repuxar velhos episódios passados com meu tio. Se eu sabia, por exemplo, o motivo da sua recusa em sair de sua casa? Pensava eu que ele não amava viver? Era o contrário: meu tio se emparedara, recusado a sair, não era porque perdera afeição pela sua terra. Amava-a tanto que não tinha força para assistir à sua morte. Passeava pela vila e que via? Lixos, lixos e lixos. E gente dentro dos lixos, gente vivendo de lixo, valendo menos que sujidades.

— *Nunca estivemos tão próximo dos bichos.*

Não era tanto a pobreza que o derrubava. Mais grave era a riqueza germinada sabe-se lá em que obscuros ninhos. E a indiferença dos poderosos para com a miséria de seus irmãos. Esse era o ódio que ele fermentava contra Ultímio. Meu tio mais novo visitava a Ilha, cheio de goma e colarinho. Ele e seus luxos, arrotando ares. Entrava e saía sem licença, todo inchado, feito bicho graúdo.

— *É um desses que pensam que são senhores só porque são mandados por novos patrões.*

Infelizmente, os ilhéus eram tão pequenos que apenas queriam ser como os grandes. A maior parte invejava os brilhos. Mas ele, Amílcar Mascarenha, ele só via em Ultímio a minhoca rasteira e rastejante. Iludido com seus voláteis poderes.

— *No charco onde a noite se espelha, o sapo acredita voar entre as estrelas.*

Raiva tinham meu pai e o Tio Abstinêncio. Dedicavam a Ultímio sentimentos que nenhum irmão deveria alimentar.

— *Nós, na Ilha, não somos assim. Ficamos contentes quando alguém da família tem sorte e se sai bem nas vantagens do poder.*

Mas não era o caso da nossa família. Nem Abstinêncio nem meu pai queriam favores desse Ultímio. Aquele era um dinheiro quente, queimava as mãos.

Abstinêncio era consumido pela tristeza. E pela inveja. Tristeza lhe dava o Mano Ultímio. Inveja lhe causava seu irmão Fulano. Ele se acabrunhava de não ser corajoso como este irmão que abraçara uma causa, vestira uma farda e se batera contra a injustiça. Abstinêncio nunca seria capaz de sequer sonhar fazer metade daquilo que o Mano Fulano empreendera.

Aos poucos o nosso tio mais velho foi emagrecendo, parecendo querer insubstanciar-se. Ao princípio, o médico suspeitara haver doença por detrás de tanta magreza. Examinara o seu estado. Mas não havia enfermidade. Abstinêncio era magro por timidez: para ser menos visto.

Por um tempo até acreditou que meu tio variasse da razão. Porque ele passou a mudar de nome. Como se o que trazia, por herança de baptismo, já não servisse. Meu tio assumia os nomes de todos os que faleciam. Morria José e ele se nomeava José. Falecia Raimundo e ele passava a ser Raimundo. Quando o médico o questionou sobre o porquê daquele saltitar de nome, ele respondeu:

— *É que, assim, acredito que nunca morreu ninguém.*

Chegamos a casa de Abstinêncio, já vai luscofuscando. Me espantam as luzes e os ruídos de festa que exalam da casa. A porta está aberta, a sala em flagrante desordem e, pelos cantos, se estendem moças quase despidas. Meu tio mais velho nos recebe, no corredor, tão alterado que quase não o reconheço. Me estende uma garrafa de cerveja:

— *Vá, aceite, há bebida que chegue. Depois escolha aí a menina que lhe aprouver.*

— *Deixe, Tio. Estou bem assim.*

— *Escolha, sobrinho, que escolher é coisa que eu nunca pude fazer.*

As meninas, às dezenas, exibem seus corpos, soltam gargalhadas como se o riso fosse medida de sua disponibilidade. Algumas me dirigem gestos de convite. Uma tontura me derruba e sento-me para ganhar discernimento. Afinal, me pergunto: Abstinêncio é um, de dia, e outro, de noite? Toda a imagem de contenção e recolhimento, essa sua quase santidade, se desfaz ante a minha incredulidade.

O médico se aproxima de meu tio, segura-lhe o braço e puxa-o para um canto. Pede-lhe que mande embora as meninas e reponha a ordem. Abstinêncio obedece. Desliga o rádio, bate palmas e ordena às moças que se retirem. Aos poucos a casa regressa ao sossego. Quando estamos, por fim, em silêncio nenhum de nós parece saber o que dizer. Me levanto e faço a entrega da caixa de papelão que trouxe de Nyumba-Kaya.

— *Trouxe-lhe isto, Tio.*

Não abre logo a caixa. Mantém-na sobre os joelhos. Respira fundo como se temesse algo. Adiava, em si, o chegar da notícia. Os joelhos juntos, o corpo erecto, o ciciar da voz: eis de novo o nosso Tio Abstinêncio. Aponta a desordem, as garrafas no chão e me pergunta:

— *Está admirado, sobrinho? Sabe por que faço isto?*

— *Não faço ideia, meu Tio.*

— *Você foi-se daqui de Luar-do-Chão. Esta é a minha maneira de me ir embora, entende?*

Que ele era como a montanha, prosseguiu. Tinha raiz mais funda que o mundo. Mas às vezes lhe raspava a asa de um sonho — e ele se deslugarejava. Estar bêbedo era a sua única emoção. A bebida lhe entregava um momento em que tudo se estreava, ao ponto de se sentir outra vez vivo. Amílcar se ergue e fecha os cortinados como se emendasse a lengalenga.

— *Por que não abre a caixa, Abstinêncio?*

O Tio finge não ouvir o médico. A mão sobre a tampa da caixa parece a prescrição de um eterno adiamento.

— *Eu sei muito bem a doença que o faz ficar nesse estado* — insiste Mascarenha. — *Isso é paixão de mulher. É essa a sua doença, Abstinêncio.*

Espero de Abstinêncio a reacção amarga, a negação serena mas veemente. Contudo, ele nada responde. Em vez disso, se decide a abrir a caixa. Dela vai retirando, lentamente, um longo vestido branco. Meu tio se arrepia, o gesto lhe vai gaguejando e seus olhos se vão liquefazendo. Puxa o inteiro vestido para fora da caixa e o leva ao rosto. Respira uma memória e fica assim, nariz metido entre os folhos, como se se drogasse de antigos perfumes. Depois desaba nele um choro, convulso, e sua magreza parece sacudida por visitação de espíritos. O médico me faz sinal para que nos retiremos. Por respeito, saímos, sem ruído. Nem a porta fechámos para não interromper a visita que Abstinêncio estava recebendo.

Voltamos a calcorrear as ruelas da vila, saltando sobre os charcos enlameados. Uma espécie de ciúme me vai queimando o peito e não seguro, em mim, a lancinante dúvida:

— *Lembranças de Admirança?*

— *Admirança?*

— *Sim, esse vestido não era de minha Tia Admirança?*

O médico faz estalar uma risada. Admirança? Não, aquele era um vestido de Maria da Conceição Lopes, a mulher do comerciante português. Essa era a razão de tão antiga e acumulada melancolia. Meu tio, nos tempos, se incendiara de paixão mais que proibida. Mulher branca, esposa de gente máxima, um dos patrões da Ilha.

Sorrio, por espanto da revelação. Dona Conceição? Afinal era esse o motivo das intermináveis saudades da minha madrinha? Então, as vezes sem conta que ela se meteu no barco e regressou a Luar-do--Chão foi para visitar meu solitário tio! E eu nunca entendi. Também só agora compreendo a presença de Abstinêncio na minha despedida, há uma dezena de anos. O homem se demorara num abraço, derramado em antecipada saudade. Mas não era eu quem ele abraçava. Em mim, ele se despedia de minha acompanhante, a estimada esposa do patrão Lopes.

## Capítulo nove

# O BEIJO DO MORTO ADORMECIDO

*O bom do caminho é haver volta.*
*Para ida sem vinda basta o tempo.*

(Curozero Muando)

Acordo no meio da noite. Pareceu-me escutar um ruído. Na obscuridade adivinho um vulto. Levanto-me, percorro o quarto, ninguém. Talvez fosse a cortina, almeada pelo vento. Desde o episódio do quarto de arrumos que eu ardo em esperança de ser visitado pela anónima mulher. Que ela, uma vez mais, me desembrulhasse em prazeres, suores e gemidos.

Acendo o candeeiro e vejo que, no chão, flutua um papel. Mais uma carta? Debruço-me e leio. É um simples bilhete, desta vez. Abruptamente terminado como se o misterioso autor tivesse sido obrigado a interromper a redacção. Assim, lacónica, a escrita:

*Mariano, esta é sua urgente tarefa: não deixe que completem o enterro. Se terminar a cerimónia você não receberá as revelações. Sem essas revelações você não cumprirá a sua missão de apaziguar espíritos com anjos, Deus com os deuses. Estas cartas são o modo de lhe ensinar o que você deve saber. Neste caso, não posso usar os métodos da tra-*

*dição: você já está longe dos Malilanes e seus xi-*
*cuembos. A escrita é a ponte entre os nossos e os*
*seus espíritos. Uma primeira ponte entre os Malila-*
*nes e os Marianos.*
   *Alguns destes parentes vão querer abreviar este*
*momento. Vão impor seus andamentos sobre o nos-*
*so tempo. Não deixe que isso aconteça. Não deixe.*
*A sua tarefa é repor as vidas, direitar os destinos*
*desta nossa gente. Cada um tem seus segredos, seus*
*conflitos. Lhe deixarei conselho para guiar as con-*
*dutas dos seus familiares. Não será só nas cartas.*
*Lhe visitarei nos sonhos, também. Para você conhe-*
*cer os dentros de seus parentes. E todos, aqui, são*
*seus parentes. Ou pelo menos equiparentes. Seu pai,*
*com suas amarguras, seu sonho coxeado. Absti-*
*nêncio com seus medos, tão amarrado a seus fan-*
*tasmas. Ultímio que não sabe de onde vem e só res-*
*peita os grandes. Sua Tia Admirança que é alegre*
*só por mentira. Dulcineusa com seus delírios, coita-*
*da. Mas, lhe peço, comece por Miserinha. Vá pro-*
*curar Miserinha. Traga essa mulher para Nyumba-*
*-Kaya. Estas paredes estão amarelecendo de sauda-*
*de dessa mulher. Ela deve repertencer-nos. É nossa*
*família. E a família não é coisa que exista em por-*
*ções. Ou é toda ou não é nada.*

   Espreito o papel, de frente e de viés. Quem escrevia aqueles bilhetes? Seria meu pai? Mas meu pai,
que eu soubesse, nunca redigira nem assinatura
completa. Abstinêncio? Talvez, mas por que motivo
ele recorreria àquela enigmática comunicação? Admirança era mulher de falas, rosto no rosto. Não se
esconderia em caligrafia. Maiores suspeitas recaíam
sobre Dito Mariano. O provável, no caso, era o
impossível. Meu Avô despertava da sua sonambu-

lência, subia as escadas e se ocupava em escrever-
-me?

Retiro-me do quarto, vou pelo corredor da casa, tentando encontrar sinais desse anónimo gatafunha-dor. Silêncio. De súbito, da sala do morto escapam ruídos. Calafriorento, sou paralisado pelo medo. Es-preito entre a penumbra, ao jeito dos gatos que esgravatam sombras no meio da noite.

É então que vejo Avó Dulcineusa, toda esgueira-da, avançando furtiva pelo aposento. Usa vestes an-tigas, cerimoniosas rendas a roçar pelo chão. E ela se exibe ante o moribundo, mãos nas ancas. De re-pente, começa a dançar, seu corpo gordo em con-trabalanço com as saias. Me aproximo mais, a coberto do escuro. Dulcineusa pára de dançar, como se, em algum lugar, se tivesse interrompido uma imaginária música. Teria dado por mim? Mas ela, de novo, se embala e, pouco a pouco, a dança se vai convertendo em namoro. A Avó Dulcineusa se inclina sobre o corpo do falecido, passa-lhe os dedos carinhosos no rosto, puxa os seios a varan-dearem o decote.

— *Está calor aqui, meu marido.*

Desaperta-lhe os botões do casaco, a mão avan-ça pela camisa, vai descendo. O que é isto, minha Avó queria fazer amor com o morto? Sinto culpa em estar ali, espreitador de alheias intimidades. A voz de Dulcineusa me sobressalta:

— *Seu malandro, Mariano.*

Falava para mim? Ela repete: você é muito malan-dro, Mariano. Meu coração se constrange, amiudado. Mas não. Dulcineusa fala com o original Mariano, seu trespassado marido. A gorda senhora se senta na borda da mesa e retira de um pequeno saco rolos de linha e uma agulha.

— *Mariano, tenha cuidado, vou coser o botão das suas calças.*

As suas mãos trabalham na braguilha das calças do falecido. Dulcineusa me confessou mais tarde: era assim que o marido gostava de iniciar as intimidades. Um fazer de conta que era outra coisa, a exemplo do gato que distrai o olhar enquanto segura a presa nas patas. Esse o acordo silencioso que tinham: ele chegava a casa e se queixava que tinha um botão a cair. Calada, Dulcineusa se armava dos apetrechos da costura e se posicionava a jeito dos prazeres e dos afazeres. A agulha indo e vindo em real ameaça, o marido fechando os olhos, absorto nos prazeres que se avolumavam a cada costura.

Esse ritual ela o repetia, agora. A Avó vai passajando, imitando os profissionais gestos de costureira. No enquanto, vai amiudando conversa:

— *Seu neto Mariano me confessou seus segredos. Sim, que você me amava, afinal. Não se mexa que ainda o magoo. Sim, disse ele que você me amava mais que as todas. Por isso, eu desci aqui, agora que não há nem ninguém, agora que eu andava tão cheia de saudade sua.*

E as confissões prosseguem, no desfile mortiço da sua voz. O desfiar desse rosário me escapa aqui e ali. Porque ela, mais e mais, se enrola no seu próprio corpo. Faz que corta a linha com os dentes, aproveita para se enroscar ainda mais sobre Mariano. Entendo apenas um missanguear de suas falas. Ainda escuto o que ela pede: uma primeira noite, a estreia da primeira nudez. Tantas vezes ela estivera despida em sua cama. Mas nua nunca.

— *Agora, sim, Mariano, agora estarei despida e nua, ao sabor de suas mãos.*

O que ela mais lembrava de Mariano: as mãos.

Não havia nada mais tangível que essas mãos, mãos de homem em corpo de mulher. Ela sentia o seu arrepio como se mudasse de estado, em vias de ser redesenhada. As mãos dele a derretiam, fogo liquescendo o ferro. Como se o coração fosse comido pela própria concavidade do peito, noite minguando a lua.

Embalado pelas confissões de minha Avó me deixo amolecer e resvalo de encontrão ao armário onde me escondia. Dulcineusa se assusta. O xipefo dela vai rodando entre os móveis. Até que me descobre:

— Você, Marianito?

— Me desculpe, Avó.

— Por que me está sustar?

Explico-me, destabalhado. Espero dela uma vigorosa reprimenda. Mas ela acredita que maior explicação me deve ela a mim.

— Quer saber o que estava fazendo? É que tenho estado a trançar uma ideia...

Arquitectara-se assim: para confirmar a verdadeira morte do marido, ela desceria ao salão. Provocaria Dito Mariano, o seduziria a pontos de água e boca. Envergaria os antigos e arrojados vestidos de que ele tanto se aprazia. Se perfumaria dos incensos que ele tanto sorvera. Assim se certificaria se se tratava ou não de irreversível e definitivo falecimento.

— E chegou a uma conclusão?

— Ainda, meu filho. Ainda.

— O Avô não reagiu? Nem um bocadinho?

— Nem em nenhum bocadinho.

Sacudiu a cabeça, em absoluta negação: seu homem estava totalmente falecido. Estremeci pela segurança com que ela punha pedra no assunto. A Avó não podia embarcar em tais certezas. A um mando dela tudo se desmoronaria e Dito Mariano se afundaria no escuro do chão. Fiz mão de um expediente que eu sabia sagrado.

— *Eu também tenho uma confissão para si. Veja esses papéis...*

Retiro do bolso as cartas e lhe estendo para que as possa observar. Dulcineusa recua, amedrontada. Aquilo não são coisas de tocar, manualmente. Como negasse passar os olhos pelos papéis, acabo por lhe contar a história das folhas aparecidas e do seu mistério. Fica calada, os olhos rodando na escura face.

— *Mostre outra vez esses papéis...*

Ela chega a lamparina mais perto. Parece, primeiro, que pretende iluminar melhor as suspeitosas cartas. Mas logo ela deixa que a labareda atinja a folha e o fogo, rápido, mastiga o papel.

— Avó, queimou as cartas!

— *Essas cartas, meu neto, essas cartas só podem trazer desgraça.*

Lhe pego nas mãos, a adocicar seu coração. Lhe afago os dedos, mesmo por cima das cicatrizes, como se estivesse corrigindo o seu passado. O suspiro dela me dá coragem:

— *Avó, quero pedir-lhe uma coisa.*

— *E é o quê, meu neto?*

— *Não deixe que enterrem o Avô já agora.*

— *E porquê? Não podemos deixá-lo ao sabor das moscas.*

— *Mas se ele está vivo? Já viu, se ele está vivo, que crime nós vamos cometer?*

— *Não sei, neto. Deus nos vai dizer o que temos que fazer.*

— *Alguns insistirão para apressar o funeral. Não deixe que isso aconteça, Avó.*

Ela fica calada, remexendo nas cinzas e nos restos do papel. Parece que está lendo, no irremediável, as palavras de seu marido. Sei que não devo interromper o sagrado do momento, mas tenho receio que a Avó sofra uma dessas ausências. À queima--roupa, lhe atiro:

— *Quem é Miserinha, Avó?*

— *Miserinha? Quem lhe falou nessa mulher?*

— *Viajei com ela para cá, vínhamos no mesmo barco.*

— *E por que desrazão você quer saber dela?*

— *Ela esqueceu-se de um lenço, eu quero entregar-lhe...*

— *Você não sabe mentir, meu neto. Me diga uma coisa: o nome dessa mulher vinha escrito nesses papéis que queimei?*

— *Sim, Avó.*

Uma vez mais, Dulcineusa suspira, como se receasse que algo de irreparável estivesse sucedendo. Sopra as poeiras acumuladas sobre as mãos e fica olhando o ar como se fosse o tempo polvilhado que tombasse. Por fim, murmura:

— *Miserinha é minha cunhada.*

A gorda Miserinha fora casada com um irmão de Dulcineusa, o falecido Jorojo Filimone. Quando o marido dela morreu, vieram familiares que Miserinha nunca tinha visto. Levaram-lhe tudo, os bens, as terras. Até a casa. Ela então ressuscitou esse nome que lhe tinham dado na adolescência: Miserinha.

Tomar conta da viúva era uma missão que a si mesmo Dito Mariano se atribuíra, à maneira da tradição de Luar-do-Chão. Mas isso nunca aconteceu. A Avó se opusera, das unhas aos dentes. Transferiram-na, sim, para um pequeno casebre, de uma só divisão. Ali se deixou ficar, em desleixo de si mesma. Miserinha perdera parcialmente a visão num acidente que ela não sabia reportar. Nem ela nunca confessara essa deficiência. No casebre acabou por esbater ainda mais a visão. Durante a viagem, no barco, ela me dissera que não via cores. Mas a única coisa que a gorda Miserinha via eram sombras. E vozes.

— *Você quer encontrar Miserinha? Vá ao mercado, meu neto. Ela costuma adormecer por lá, entre a conversa das vendedeiras.*

Rearruma a agulha e as linhas na caixa da costura. Com um gesto mudo me faz chegar mais perto.

— *Essas cartas, eu também recebi uma. Resolvi logo pelo fogo. Aquilo foi um nunca mais.*

— *Essa carta o que dizia, Avó?*

— *Falava de minha cunhada. Que a devíamos trazer para esta casa. Isso foi assunto que o seu Avô nunca aceitou e, agora, levou com ele...*

— *E a Avó concorda com isso?*

— *São vontades, meu neto. Nunca na minha vida tive que concordar ou discordar. Não é agora que vou aprender.*

— *E então, Avó, o que fazemos?*

— *Traga essa Miserinha consigo.*

— *Mas ela virá? Acha que ela vai aceitar?*

— *Diga que venha ver o falecido.*

Mais uma vez me despeço. Toco-lhe no ombro, em jeito de carícia. Ela prende-me o braço enquanto sussurra:

— *Seu Avô não está totalmente morto. Há pouco lhe menti sobre o estado que encontrei nele. Eu vi...*

— *Viu o quê?*

— *Enquanto cosia o botão na calça dele eu senti.*

— *Sentiu...?*

— *Senti que ele me sentia.*

*Capítulo dez*


# SOMBRAS DE UM MUNDO SEM LUZ


*Solteira, chorei.*
*Casada, já nem pranto tive.*
*Viúva, a lágrima teve saudade de mim.*

(Miserinha)

Na manhã seguinte, parto cedo para o mercado do peixe, à procura de Miserinha. Recordo-me dela, no convés do barco que me trouxe a Luar-do-Chão. Parecia predestinado que voltaria a encontrar a gorda senhora. O lenço que ela lançara às águas do rio parecia ainda flutuar no meu olhar. Para minha protecção, ela dissera.

No bazar, vou garimpando entre as verduras e as tendas das peixeiras. A multidão fervilha, tudo se vende, desde agulhas a carroçarias de camião. Jovens rolando pedaços de cana-de-açúcar entre os dentes me fazem lembrar sabores antigos. Recordo as multidões da cidade e como meu pai as descrevia: *só há lá dois tipos de pessoas: uns aproximam-se de nós para pedir, os outros para nos roubar.*

Por fim, descortino Miserinha. Ela lá está, meio adormecida, trocando conversa com as vendedeiras.

— *Miserinha?*

— *Sou quase eu, Miserinha Botão.*

Não me olha. Está centrada em medir-me a voz. Por fim, exclama:

— *Você, meu sobrinho?*

Então ela se lança, sem direcção, para um abraço. Em mim os seus braços se demoram enquanto sussurra em meu ouvido: éramos família, ela o soubera desde que me vira no barco. Mais afiada que lâmina a vida decepara os laços dos nossos destinos. O tempo, depois, tem ilusão de costureiro. Ela memorizara a minha voz, desde o momento que me reconhecera na travessia do rio.

— *Tia Miserinha, o Avô quer que vá para nossa casa.*

— *Eu sei, ele sempre quis. Mas não posso.*

— *Aquela é a sua casa.*

— *Minha casa é esse mundo todo. Deste e do outro lado do rio.*

A sua recusa é definitiva. Eu não percebia. Miserinha explica: no mundo de hoje, tudo é areia sem castelo. Há lugar de morar, há lugar de viver. Agora, lhe faltava era um lugar de morrer. Pede-me que escute um pedido simples: enquanto estiver na Ilha eu que dê uma volta pelas ruelas, só para ver se ela não estaria por ali tombada, num beco sem luz.

Esse o seu maior temor: ser deixada como os miseráveis que morrem e ficam nas bermas, a apodrecer, sem amor, nem respeito. Nunca aconteceu antes, aquele virar de costas ao irmão caído. Em Luar-do-Chão, nem há palavra para dizer «pobre». Diz-se «órfão». Essa é a verdadeira miséria: não ter parente. Miserinha exclama: como estamos doentes, todos nós! Era ela que estava vendo sombras? Ou seriam os demais que já nada enxergavam, doentes dessa cegueira que é deixarmos de sofrer pelos outros?

— *É que eu já ando a bicho, farejando poeiras.*

Aprendera a cirandar entre a cidade e a Ilha. Se apoiava no ajuntamento dos viajantes, fosse a multidão um corpo único que lhe desse mão e direcção. O barco a fazia ficar mais jovem, dizia.

— *Sobre aquelas águas nenhum Cristo andou.*

Como o vento que sopra contra nós e nos devolve o nosso próprio cuspo, assim decorrera a sua vida. Na cidade era mais fácil esquecer. Porque ela se juntava aos muitos pedintes e percorria as grandes avenidas. Pedia aos brancos. E aos indianos. É triste ficar ao sabor de outra raça para sobrevivermos, dizia Miserinha. Afinal, a família não passa pelo sangue, pela raça. Somos irmãos de quem?, perguntava. Nem os pobres, hoje, se juntam, solidários.

— *Às vezes recebo coisas, dinheiros. Deram-me aquele lenço, esse que tombou no mar.*

De uma dobra da capulana desenrola moedas que trazia consigo. Conferia as quantidades, mais pelo som que pelo aspecto. Ela se apurava nessa ciência em que os miseráveis se parecem com os ricos — só sabem contar em se tratando de dinheiro.

— *Miserinha: nós queremos que fique em nossa casa.*

— *Admirança está lá em casa?*

— *Está sim, porquê?*

Um sorriso triste, um imperceptível murmúrio. O alívio é irmão gémeo do desapontamento. Ambos se dizem do mesmo modo: pelo suspiro. E é suspirando que Miserinha acrescenta:

— *Eu não posso ir para Nyumba-Kaya. Porque essa casa já não tem raiz. Não tarda a que se vá embora.*

— *Se vá embora?*

— *Vão levar essa casa, meu filho.*

— *Vão levar como?*

— *Vão levar tudo. Já levaram nossa alma. Agora só falta a Ilha.*

Com um gesto me pede que me retire. Ela tem os seus afazeres, suas obrigações secretas. Se ela não podia ver, restava-lhe essa pequena vingança de manter oculta parte do seu viver. Eu que a deixasse só, era hora de ela se ajeitar pelos descaminhos, tudo medido pela inclinação das sombras.

Respeito o seu pedido e regresso a Nyumba-Kaya. Sem pensar, desemboco na sala grande. O Avô lá está, teimando em sua horizontalidade. Fico ali, junto a seu corpo, em solitário velório. Me assalta uma vontade absurda de me deitar no chão e olhar os céus, na solitária companhia de Dito Mariano. É o que faço. Já estendido no soalho, vou alongando sossego numa quase sonolência. A ausência de tecto, naquela visão, me sugere haver uma chaminé por onde fossem saindo as nuvens. E assim, amolecido, adormeço.

Desperto, sacudido por abalo de perder chão. Nem bem sei onde me encontro. Olho em volta, em desfoco, e acredito ver mexer a perna do Avô. A meu lado, se estende um lençol. Meu peito arqueja à medida que vou levantando uma ponta do pano. Como se fosse a uma criança dormindo, o lençol recobre uns papéis. Tomo-os na mão e estremeço. A mesma caligrafia, o mesmo desafio para meus olhos estupefactos:

*Eu não lhe pedi? Não lhe pedi que não revelasse a ninguém estes modos de aparição? Por que razão mostrou estas cartas a Dulcineusa? Você rompeu a promessa. Agora, não me resta senão me anunciar, perder meu último mistério. Quem fala nestas cartas sou eu, seu Avô Mariano. Não se pergunte mais, não duvide de mais ninguém. Sou eu, Dito Mariano, o sombrio escrevente.*

*Por que razão escrevo? Porquê não lhe apareço em voz, falando dentro de sua cabeça? Escrevo porque assim tem mais distância. Eu podia falar-lhe, enquanto você espreita na sala sem tecto. Mas já não tenho voz que seja visível. E depois sofro de um medo: soltar o suspiro finalíssimo perto de si. Você corria o risco de me acompanhar nesse desfiladeiro. Assim eu uso a sua mão, vou na sua caligrafia, para dizer as minhas razões. Sou como o besouro. Abro as asas, as de fora, só para perder resguardo. Porque lá dentro, bem ocultas, estão as outras asas, as voáveis, essas que me levam para além de mim.*

*Escutou Dulcineusa falar de mim? Tanta saudade, meu Deus, tanta saudade ela me dedica! Até me faço pena, só agora ela me dá a medida de seu querer. Coitadinha, ela me tinha amor. Mas eu que posso dizer do amor? Ela queria a prova e eu, seguindo a tradição, não podia mostrar paixão por mulher. Lá na cidade ouvi dizer que vocês já usam modos dos brancos. E dão-se as mãos e até se beijam às vistas do público. Mas, aqui, só homem que foi enfeitiçado é que exibe carinhos por motivo de mulher.*

*A velhice me ensinou: o amor é coisa de vivo. Ou talvez o amor seja a mãe de toda a coisa viva. Pois, eu, mesmo antes, nunca fui bem vivo. Por isso, nunca o amor foi para mim.*

*Nem sei o que me prendia a Dulcineusa, mas era como se adivinhasse que seria nos braços dela que eu viria a morrer. Dulcineusa era a minha despedideira. No seu corpo eu tinha, tantas vezes, saído de mim. E seria naquele mesmo corpo que me despediria de mim. Como se ela se convertesse em mãe e eu descendesse da sua carne, seu materno suspiro. Aquele seria o meu parto póstumo.*

*Querem agora que me dirija para o cemitério. Antes não me importava. Me demorava por lá, naquelas árvores tão cheias de sombra. O cemitério era tão bonito, tão prazeiroso que até dava vontade de morrer. Nesses tempos, ali corria um riachinho, uma aguinha ainda solteira. Olhava as campas, ordenadas para todo o sempre e me baixava o desejo de um sono. Isso acontecia quando eu era moço e a vida ainda não doía. Agora, há muito que me afasto, evitando aquelas bandas.*

*Dulcineusa sabe desses gostos e desagostos, como sabe de tudo em mim. Viu como ela estremeceu ao escutar o nome de Miserinha? É que, por muitos anos, essa mulher foi minha amante. Dulcineusa sabia, desde o primeiro momento. Não me importo, dizia ela. Até que, por tradição, eu devia tomar conta de Miserinha. São mandos antigos, a gente se conforma. Assim falava Dulcineusa. Mas não era verdade de boca e coração. No fundo, ela se ciumava a ponto de encomendar morte para a cunhada. Miserinha sabe desse ódio. Por isso ela se recusa a vir. Também, quem sabe, ela já ganhou hábito de viver na berma daquelas obscuridades? O melhor é deixarmos assim as mulheres em regime de separação de males. Cada uma no pátio das suas saudades. Trate, sim, de visitar o coveiro Curozero Muando. Ele lhe explicará os segredos deste nosso mundo.*

*Mariano*

*PS: Lhe peço, agora: me traga uma moça gostosa, carne rija para eu abraçar na hora de meu último momento. Para que eu, nesse instante, me embebede dessa ilusão de não me desconsistir só, sozinhamente.*

Pouso a carta com um riso atravessado: uma moça para fechar a despedida? O Avô queria morrer como o peixe: o corpo todo na boca. Espreito o aparente cadáver. Em voz alta, dou despacho à minha inquietação:

— *Não é o senhor, não pode ser o Avô que escreve isto.*

— *Meu neto: você está rezar junto com seu Avô?*

É Avó Dulcineusa que me interrompe. No contraclaro distingo melhor a sua voz que os seus contornos. A Avó avança e, com decisão, me retira o papel da mão.

— *Dê-me cá essa porcaria!*

Rasga a carta. E, de novo, volta a dilacerar os pequenos pedaços. De rasgão em rasgão, cada papel acaba tendo não mais que o tamanho de uma simples palavra. Os pedacinhos lhe escapam dos dedos e borboleteiam rente ao chão.

— *Avó, como é que rasga uma coisa que não é sua?*

— *Pouco barulho, neto. Tenha respeito que trago visitas.*

Virando-se para a porta ela manda avançar alguém que não reconheço imediatamente. Mas logo, pelo arrastar indeciso das pernas, constato tratar-se da gorda Miserinha. A Avó a vai puxando por um braço, com exibido orgulho, como se fosse um troféu de guerra.

— *Se admira, meu neto? Pois, fui eu que trouxe a minha cunhada. Ela vai ficar aqui comigo.*

Com seus olhos pisqueiros, Miserinha passa em revista a sala como se captasse inavistáveis seres. Segura Dulcineusa com as duas mãos enquanto murmura:

— *Me conduza, cunhada. Me conduza até onde ele está!*

As duas avançam bambeadas até à mesa fúnebre. A Avó retrocede, em silêncio. Miserinha fica só, ante o falecido. E ali se demora. Sem palavra, sem gesto. Por fim, num suspiro, sua voz vacila:

— *Este homem está mentir! Como sempre, ele está mentir.*

*Capítulo onze*

# ACUTILANTES DÚVIDAS, REDONDULANTES MULHERES

*Eis a diferença:*
*os que, antes, morriam de fome*
*passaram a morrer por falta de comida.*

(Taberneiro Tuzébio)

— *Mariano! Marianôôô! Venha, Mariano!*

Era a voz antiga das mulheres, no tempo da minha infância. Chamavam-me para acender o lume. Cumpriam um preceito de antigamente: apenas um homem podia iniciar o fogo. As mulheres tinham a tarefa da água. E se refazia o eterno: na cozinha se afeiçoavam, sob gesto de mulher, o fogo e a água. Como nos céus, os deuses moldavam a chuva e o relâmpago.

A cozinha me transporta para distantes doçuras. Como se, no embaciado dos seus vapores, se fabricasse não o alimento, mas o próprio tempo. Foi naquele chão que inventei brinquedo e rabisquei os meus primeiros desenhos. Ali escutei falas e risos, ondulações de vestidos. Naquele lugar recebi os temperos do meu crescer.

Não era apenas a casa que nos distinguia em Luar-do-Chão. A nossa cozinha nos diferenciava dos outros. Em toda a Ilha, as cozinhas ficam fora, no meio dos quintais, separadas da restante casa. Nós vivíamos ao modo europeu, cozinhando dentro, comendo fechados. No princípio, ainda houve resistência. Lembro como minha Avó conduzia as bacias e panelas, dentro e fora, fora e dentro. Outras mulheres passavam equilibrando latas de água nas cabeças, como se escutassem o compasso da terra sob os pés descalços. E a porta de rede, num sonolento bater e rebater. O pilão fiel ao chão. E tum-tum-tum, a dança das mulheres pilando. Muito-muito era Tia Admirança quem eu gostava de ver esgrimindo o corpo contra o grão.

É ela agora quem está pilando, farelando os grãos de milho. Em cerimónia de morto há que alimentar os vivos. E parece que o apetite aumenta face à presença dos obituados. Já lhe ofereci ajuda, mas ela sorriu: pilar não é função de macho. Bastava que eu ficasse ali, olhando, que já ajudava o suficiente. O suor escorre-lhe na testa e, aos salpingos, goteja por cima do milho. Óptimo, pensei, a comida vai ter o sabor dela. A mão ajeita uma madeixa, como se houvesse jeito para aquela cabeleira dela. Depois, numa ondulação, faz recurvar todo o corpo, esmerando a sua redondura.

Minha tia é mulher de mistério, com mal-contadas passagens no viver. Ela estivera fora, antes do meu nascimento. Não fora muita a distância mas era o além-margem, o outro lado do rio. E isso bastava para que nada soubéssemos dela. Que país é este que a pessoa se retira um meio-passo e já está no outro lado do mundo? Admirança só regressou anos mais tarde, quando eu ganhava olho de lambuzar a vida.

Sobre Admirança recaía o maior peso que, neste lado do mundo, uma mulher pode carregar: ser estéril. Dizia-se dela que o seu sangue não tinha germinado. A nossa tia preferia rodear o assunto.

— *Vou sendo mãe avulsa, deste e daquele. Biscateio maternidades. Por exemplo, agora sou mãe de Miserinha.*

Não lhe faltava motivo para andar de olho na nossa hóspede. Lhe chegavam relatos de assustar sobre os desvarios de Miserinha. Dizia-se, por exemplo, que ela comia extracto de vidro. Acreditava que, ingerindo aqueles estilhaços, ficaria transparente. Admirança a tudo contemporizava, desculpando Miserinha:

— *Essa mulher sofreu desgostos que só eu conheço!*

O amor a castigara, a vida não lhe oferecera presentes. O amor nos pune de modo tão brando que acreditamos estar sendo acariciados. Miserinha perdera seu marido, Jorojo, não ganhara seu amante, Mariano. Agora, a velha gorda não era mais que uma sombra, alojada num quarto das dependências. Ali inventava seus panos, seus devaneios. Admirança a maternizava, condescendente.

— *Sou mãe disto tudo, da casa, da família, da Ilha. E até posso ser sua mãe, Mariano.*

O seu riso não escondia um travo triste. No fundo, ela sabia que, com o desaparecimento do velho Mariano, todas as certezas ganhavam barro em seus alicerces. Se adivinhavam o desabar da família, o extinguir da casa, o desvanecer da terra.

— *Desaparece o velho Mariano e o que é que mais nos vai unir?*

Lhe afago o rosto, a espantar o desalento. Poucas vezes a tinha visto em flagrante de aflição.

— *Tia, lhe agradeço muito.*

— *Me agradece o quê, sobrinho?*

— *Por nunca mostrar tristeza. A Tia oferece tanto sorriso que parece uma pessoa feliz, sempre tão feliz.*

— *Sou como a formiga de asas, sabe?*

A formiga de asas só tem um voo de viver. Passada essa breve viagem deixa tombar as asas, duas transparenciazinhas já sem uso. Desmaia no chão para ser rainha. Assim se sentia Admirança: a sua porção de céu já fora cumprida. E ela retorna para o pilão, os gestos vigorosos parecem moer não o milho, mas sofridas lembranças.

Reentro na cozinha e me sento junto à mesa. A Avó Dulcineusa canta a sua lengalenga enquanto vai vigiando a panela, no brandeamento do lume. Adormeço profundamente. Acordo depois sozinho, desconhecedor do tempo. A primeira coisa que vejo é a carta. Está pousada por cima do prato. Ao apanhá-la entorno um copo. Num segundo, a água cobre o papel. Rápido leio antes que as letras se dissolvam e a tinta desvaneça.

*Meu neto, vejo que anda por aí, a indagar o modo como faleci. Quer saber como começou a minha doença? A verdade é: nem por enquanto sei. Doença tem começo? Ou sendo como o amor: essas coisas que só existem depois de serem lembradas? Quem sabe a minha doença começou mesmo antes de acontecer? Ainda não sofria de nenhum declarado enjeito quando me dirigi ao hospital e me apresentei ao Doutor Amílcar Mascarenha. Não tendo ainda padecimento mas ansiando ser curado. Que queixa tinha? Não sabia. Talvez do sono, tão leve que nem me pousava. Dormia mal, sempre foi assim. O único tempo em que dormi foi quando não havia tempo: no ventre de minha mãe.*

*Não servia como queixa? Então, eu disse: espere, doutor, não me mande embora que eu preciso de escutar a sua palavra. Só escutar certeza igual à sua, já é praia em pé de náufrago. E que doença ele me aconselhava, na falta de me ocorrer uma apropriada? Mascarenha tinha medo de me receitar enfermidade. E lhe dei coragem: doutor, fale sem medo. Me destine uma doença qualquer, seja mesmo uma maleita de mulher. Até preferia, sinceramente. A mulher, doutor, a mulher para ser feliz não necessita de se acriançar. Mas nós, homens, temos essa dificuldade com a alegria. Para ganhar o total riso temos que amiudar o juízo. Me destine doença de mulher. Me avarie uma das intimidades delas que têm as entranhas cheias de órgãos.*

*O médico, na altura, não queria o gasto de conversa. O tempo dele contava e valia. Ergueu-se e calcorreou o gabinete, observando o soalho, como se meditasse. Não meditava, media era o rasto de matope deixado por meu desleixo. Desculpe, doutor, meus pés se comportam assim. É que eu venho da lama, pó molhado. É esta chuva, e apontei pela janela, esta chuva que não pára, já quase não nos resta mais céu. Lhe confessei um segredo, no momento: estou sempre ganhando esperteza com a chuva. Há coisas que só vejo através das gotas, em dia chuvoso. O senhor, disse eu a Amílcar Mascarenha, o senhor estudou nos livros e no estrangeiro. O doutor me rectifica? Não foi lá fora que o senhor estudou? Está bem mas não está certo. Os livros são um estrangeiro, para mim. Porque eu estudo na chuva. Ela é minha ensinadora.*

*O médico escutou tudo isto, sem me interromper. E a mim, essa escuta que ele me ofereceu quase me curou. Então, eu disse: já estou tratado, só com o tempo que me cedeu, doutor. É isso que, em minha vida, me tem escasseado: me oferecerem escuta, orelhas postas em minhas confissões. Veja a*

*minha mulher, passa a vida falando com Deus.*
*E eu vou ficando calado. Mesmo aos domingos*
*de manhã: fico calado. Assim, silencioso, vou*
*rezando. Que a gente reza melhor é quando nem*
*sabemos que estamos a rezar. O silêncio, doutor.*
*O silêncio é a língua de Deus.*
*Era o silêncio que me assistia quando visitava*
*meu primo Carlito Araldito, sapateiro de profissão.*
*Eu permanecia sentado, contemplando seus ofícios.*
*À saída, lhe dizia: minha vida, sabe, Araldito, mi-*
*nha vida é um sapato desses, usado de velho.*
*A gente pode voltar a calçar, o cabedal pode voltar*
*a brilhar, mas somos nós que já não brilhamos.*
*Entendeu? Uma coisa assim em segunda mão. Em*
*segundo pé, no caso. Ríamos, mas era sem vontade.*
*Eu e Araldito. Falávamos de nós como se de amigos*
*já falecidos. Estávamos assistindo ao nosso próprio*
*funeral.*

*Assinado e reconhecido: Dito Mariano*

Na solidão da cozinha vou lendo enquanto as
letras se vão esbatendo no papel molhado. Depois a
folha murcha, a escrita já sem desenho nem memória. Estou retido em mim, sem aviso do tempo, quando escuto vozes. Há gente no salão de visitas. Vou
espreitar, é Tio Ultímio que rodopia entre as quatro
paredes. Não nota a minha presença. O que faz ele?
Está conversando, debitando colóquio com o Avô.
O tom é severo, quase de ameaça. Sou movido por
maldades quando o flagranteio:
— *Está falando com o Avô, Tio Ultímio?*
Ele se surpreende e demora até retomar a voz.
Falar com o falecido? Quem, ele? Estava era falando
sozinho, em segredo de boca e botão. Ultímio ga-

gueja enquanto caminha em redor da mesa. Passa a
mão pelas paredes, recolhe tinta levantada pela hu-
midade.

— *Está ver o que fizeram? Destroem tudo, esta
malta dá cabo de tudo. Quem mandou destruir
esta merda do tecto?*

Ultímio sabia que era obediência de tradições.
Mas não aceitava que eu, moldado e educado na cidade, não me opusesse. Para ele, aquilo era obsole-
to. Outros valores nele se avolumam.

— *É que isto assim desvaloriza a propriedade...*

Confessa, então, o fio de sua ambição. Ele quer
desfazer-se da casa da família. E vender Nyumba-
-Kaya a investidores estrangeiros. Ali se faria um ho-
tel.

— *Mas esta casa, Tio...*

— *Aqui só mora o passado. Morrendo o Avô para
que é que interessa manter esta porcaria? Além disso, a Ilha vai ficar cheia de futuro. Você não sabe
mas tudo isto vai levar uma grande volta...*

Resisto, opondo argumento contra intento. Nyumba-Kaya não poderia sair de nossas mãos, afastar-se
de nossas vidas. Ultímio ri-se. Para ele não sou mais
que o miúdo que ele sempre conhecera. Ainda por
cima continuo recusando os convites que me faz
para ser gestor dos seus negócios.

— *Problema é esse velho que não se despacha.
E esse médico que não se decide.*

— *Não é decisão do médico...*

— *Sim, mas esse Mascarenha o que diz? O velho
está morto ou continua clinicamente...*

— *Mascarenha mantém o que sempre disse.*

— *Esse indiano, não confio nesse gajo. Vou
mandar vir um médico preto. Um médico da nossa
raça, não quero aqui monhezadas a interferir...*

— *Não é o senhor que escolhe sozinho, Tio Ultí-mio.*

— *Mas sou eu que pago sozinho. Ou alguém mais vai pagar?*

E prossegue arrebatado. Que não entende os irmãos: por um lado, obedecem à tradição a ponto de destruir a porcaria do telhado; por outro, fazem fé na opinião de um médico. Ainda por cima indiano. Sorrio, incrédulo. Eu sabia que Ultímio tinha negócios com indianos e enriquecera à custa de negócios de terrenos com aqueles a que agora chamava de «monhés». A raça contava para umas coisas, para outras não. Isso me apeteceu dizer, mas não tive boca para tanto.

— *Venha comigo, vamos sair por aí!* — ordena meu tio.

Quer companhia num passeio pela Ilha. Quer mostrar-me esses territórios onde ele pensa fazer dinheiro. Pretende, sobretudo, mostrar-me a sua viatura, aquele todo-o-terreno, cheio de prateados.

— *Mais nenhum sacana me vai riscar esta máquina!*

Tinha mandado vir da cidade vidros e pneus novos. Aceito, quase que por preguiça. Uma tristeza funda me dilacera o peito: pela janela do carro vejo a casa se afastar. Até se afundar no cacimbo. Ultímio está distante da minha tristeza. Seu empenho é explicar-me a valia do seu automóvel, acabado de ser lançado em África.

— *Aposto que não há mais nenhum carro destes no país. Sou eu o único dono, eu.*

Tio Ultímio tem intenção de ficar com os terrenos, até quer instalar um casino na Ilha com vastos terrenos em redor.

— *Mas aqui há gente morando!*

— *Gente? Ah, estes...*

— *O que vai fazer com eles?*

— *Vai-se ver, vai-se ver. Tudo se fará legalmente, na conformidade da lei. Para já vou colocar as propriedades em nome da minha esposa. Lembra-se dela, não lembra?*

— *Claro que lembro. Já sei que está fora do país.*

— *Foi visitar os miúdos, fica um tempo por lá.*

A relação com a esposa estava, desde há muito, nas ruas da amargura. Mas os novos-ricos seguem o velho preceito: não se separam das esposas. O homem arranja, sim, novas namoradas, tantas quantos os apartamentos que vai alugando em diferentes bairros da cidade. Tinham-me falado dessas desavenças mas eu não sou de deitar tento em bocas-de-orelhas. Avisaram-me também que Ultímio estava muito magro, receando-se que estivesse doente. Mas não se confirma: o Tio está anafado e luzidio. Ele sabe que estou olhando para ele. Bate na barriga, enquanto me interroga.

— *Acha que eu engordei, sobrinho? Acha que tenho pança de ricalhaço?*

— *Não disse nada, Tio.*

— *Engano seu, Mariano: os pobres são quem mais engorda.*

Chegamos ao cemitério, ele desliga a viatura. O tom de voz anuncia nova seriedade na conversa: me trouxera ali para me convencer a partilhar da sua opinião nas reuniões de família. Sermos uma só voz, era isso que se precisava. Para despachar aquele imbróglio e dar andamento a assuntos práticos. Ele é que conhecia o caminho do progresso, ele é que tinha influências e poderes.

— *O Avô estava senil quando lhe nomeou a si, um miúdo...*

O Tio não espera resposta minha. De repente, vira costas, sai do carro e se esgueira por entre muros. O que iria ele fazer?, ainda me interrogo. Não passa um instante e reparo que regressa trazendo consigo uma jovem mulher. É talvez a mais bela moça que eu jamais vira. Vem acanhada, em passo acabrunhado. Está vestida de capulana verde, com cajus vermelhos pintados. Com a mesma capulana ela recobre o rosto, como se uma vergonha a obrigasse a esconder identidade. Ambos ficam encostados junto ao muro. Ultímio fala com ela, a miúda não responde. Já quando o Tio se está afastando em direcção ao carro, a moça grita. Um arrepio me engalinha: aquilo não é voz de humana pessoa mas de rasteira bicheza. As palavras surgem enlameadas como se a maxila estivesse solta, desobedecida do pensamento:

— *Mali! Ni kumbela mali!*

Ela se vira para mim e demora a engendrar, entre esgares e cuspos, as duplicadas palavras. Com gestos mostro-lhe que não entendo. Ultímio encolhe os ombros enquanto vai arrancando. Custa-lhe a aceitar o já não falar a sua língua de nascença.

— *A miúda não fala português, é pena.*

Voltamos para casa, o carro resvalando pelas areias soltas. Quando trava o carro, frente ao nosso quintal, uma nuvem de poeira se levanta e isso parece agradar a Ultímio. Esta é a pobreza dos nossos novos-ricos. Não são ricos. Basta-lhes parecer. Meu tio se despede e anuncia, em tom de comunicado governamental: que se vai enterrar o morto, ele já encomendou cerimónia, pagou os serviços do coveiro. Quer se queira, quer não.

— *Mas eu sou o mestre-de-cerimónia, Tio.*

— *Você estará lá, no seu lugar, no seu devido lugar.*

*Capítulo doze*

# VISITA AO FAZEDOR DE COVAS

*Se eu não creio em Deus?*
*Lá crer, creio.*
*Mas acreditar, eu acredito é no Diabo.*

(Avô Mariano)

Curozero Muando não me vê chegar. Encosto-
-me ao tronco da mafurreira enquanto o observo.
O coveiro está sentado junto a uma fogueira, pernas
abertas quase a roçar as chamas. Sobre o lume está
uma lata de água fervendo. Curozero recebe os vapores em pleno rosto. Tais são os calores que até
dos olhos parece transpirar. É assim que os coveiros
fazem para se purificarem. Mexem em poeira dos
mortos, por isso devem ser lavados por águas que
não escorreram por cima de nenhuma terra.

O homem está nu e não parece incomodado
com a minha presença. Depois de um tempo ele estremece como se tivesse frio. Levanta-se e enxuga a
cabeça com um pano enquanto fala sem me olhar:

— *É a mim que vem procurar?*

— *Sim, há outro coveiro por aqui?*

— *No outro lado do céu existem também os
coveiros. Ou melhor, os descoveiros.*

Despreza a minha ignorância. Que eu não sabia,
mas a gente enterra aqui os mortos e eles, lá, nos
aléns, os desenterram e os celestiam.

— *Sim, é o serviço deles. E o seu serviço qual é?*

— *O meu serviço?*

— *Sim, o que vem aqui fazer? Ou alguma vez você falaria comigo caso não houvesse uma dificuldade?*

— *Ora, Curozero, eu vim aqui...*

— *Não precisa arranjar desculpa. Não se conversa com o coveiro, é assim. Por isso, a minha irmãzinha, de tanto escutar ausências, acabou ficando sem as devidas falas.*

Mas a profissão, diz ele, tem sua ciência. O coveiro repuxa brilhos de sua carreira. E explica quanto complexa é a engenharia de covar. Abrir o buraco, aquele buraco, não é coisa simples. A gente inclina--se da seguinte maneira, e ele exemplifica: perna traseiramente colocada, dorso entortado e o rosto inclinado, mas nunca olhando o chão, isso nunca. A pá movendo-se para baixo sem golpear o ar, não, que isso de forçar o golpe é ferir a terra sem necessidade. O pé é que assenta na borda da lâmina para que se cumpra o golpe como se de um carinho se tratasse.

— *Isto é arte. É como você quando deita um papel na secretária e lhe ajeita umas escritas.*

— *Pois eu, caro Curozero, venho aqui para saber da sua ideia, você que mexe com falecimento: acha que meu Avô está realmente morto?*

— *Na minha actual existência, eu já não tenho ideias. Só lembranças.*

E lembrava muito, lembrava mais do que vivera. Como esses que guardam pouco e tiram muito. Recordava mais era os olhos das pessoas quando compareciam no cemitério para assistir ao enterro dos parentes, dos amigos. Sim, lembrava a assustada tristeza, o desamparo dessa solidão. Nesse momento tudo se torna repentino, um fio de aranha. Até esse respeitoso medo, porém, estava mudando, com o desregrar dos tempos.

— *Antes vinham aqui pôr flores. Agora, vêm roubar os mortos. Nem os deuses eles respeitam.*

— *O que acha que aconteceu com meu Avô?*

O melhor seria eu nunca saber. Porque aquilo era coisa que não se explicava por palavras. O coveiro faz o possível para me dissuadir:

— *Você ficou muito tempo fora. Agora, é um mulungo. Sabe o que lhe digo? Um dedo só não apanha pulga.*

— *O que quer dizer isso?*

— *Falta sempre o outro dedo.*

Falta sempre um outro dedo, repete. Esse dedo está para além de toda a mão. E mais, me aconselha: eu que não procurasse demasiado. Aprendesse a deixar os mistérios no seu devido estado. O homem sábio é o que sabe que há as coisas que nunca vai saber. Coisas maiores que o pensamento.

— *E depois, qual é o problema: se a terra é dura, enterra-se o homem bem vivo.*

— *Mas eu não quero enterrar o Avô...*

— *Outros querem.*

Curozero olha o infinito, encolhe os ombros e faz estalar a língua antes de falar. Por fim, ele me acende o entendimento que eu tanto carecia: que aquela morte era sequente a uma vida mal vivida. Meu Avô cometera uma grande ofensa.

— *Que ofensa?*

— *É segredo que está indo com ele.*

Enterrá-lo, assim, nesse estado de morto abortado constituiria sério atentado contra a Vida. Em vez de nos proteger, o defunto iria desarranjar o mundo. Até a chuva ficaria presa, encarcerada nas nuvens.

E a terra secaria, o rio se afundaria na areia. Ele era um morrido em deficiência, um relâmpago que ficara por abençoar.

— *Se me deixarem eu sei como proceder.*

— *E como é?*

— *Este não é assunto de terra mas de água. Os seus mais-velhos bem sabem. Pergunte-lhes.*

É então que reparo na moça, a mesma que eu vira antes com Tio Ultímio. Usa a mesma capulana verde, o mesmo gesto tímido. Avança junto ao muro, vai roçando um ramo de flores na parede. As pétalas vão caindo, em desperdício, pelo chão.

— *Esta é Nyembeti, minha irmã. É bonita, não é?*

Curozero dirige-me a pergunta e fica-me olhando inquisitivo. Algo me ordena que não reaja. Meu olhar percorre os céus, distraidamente. O coveiro insiste:

— *Até dói a beleza dela. Problema sabe qual é? É que essa moça não fala direito, a língua tropeça na boca, a boca tropeça-lhe na cabeça.*

— *Ela não fala mesmo nada?* — ainda pergunto, a medo.

— *Não, ela fala é o nada.*

— *Não entendo, Curozero.*

— *Minha irmã, Nyembeti, nunca usou nenhuma ideia.*

Vai-se vestindo enquanto disserta sobre a irmã. Que ela usava o pensamento como o crocodilo engole a pedra. Servindo só para lhe dar peso na existência, tocar o fundo sem esforço. Quando tinha precisão do ar ela regurgitava a pedra, e mais leve, vinha à superfície.

— *Famba!* — ordena ele a Nyembeti. — *Queremos falar sozinhos.*

A moça debruça-se sobre mim e oferece-me uma

flor. Sacode-a antes de me a entregar. As pétalas chovem sobre o chão.

— *Mali! Ni kumbela mali.*

A moça até se baba para desembrulhar a fala. Aquelas as palavras, eu ainda me lembrava. Eram aquelas as exactas palavras que ela tinha malbuciado no encontro com Ultímio.

— *O que é que ela está dizendo? Traduza-me, por favor.*

— *Ela está pedir dinheiro. É a única coisa que sabe falar!*

O coveiro encolhe os ombros, com um sorriso meio divertido, e remata:

— *É o que ela fala, agora: os dialectos da miséria.*

A irmã se afasta. Vai ajeitando a capulana na cintura, ora soltando-a, ora apertando. O corpo, cheio de formato, me desperta. Por baixo do pano ela está completamente nua? O coveiro surpreende o meu interesse:

— *Não deite devaneio nessa rapariga. É um aviso de amizade!* — e depois de uma pausa, prossegue: — *E agora lhe quero pedir uma coisa.*

— *Pode pedir, Curozero.*

— *Já viu que sou o único coveiro aqui. Agora, lhe pergunto: quando eu morrer quem me vai sepultar a mim?*

Engoli um deserto, adivinhando o pedido. Curozero me encomendava o serviço de o enterrar. E parecia falar sério, como se reclamasse promessa jurada.

— *O senhor me fará esse serviço?*

— *Eu?*

Gargalhou e me palmeou as costas. Eu que estivesse descansado, aqui era só um exame para me avaliar.

— *Eu não careço de ser enterrado.*

Espreito a ver se ainda vislumbro a bela moça. E ela lá está. Deve saber que eu a espreito pois deixa cair a capulana. Meu ofegante coração confirma que ela não usava nada por baixo. Curozero interrompe-me as visões:

— *E já agora, aproveitando que está aqui: venha, lhe quero mostrar uma obra minha, a minha maior.*

Leva-me para os fundos do terreno, bem junto ao muro traseiro. Aponta uma campa. Ali jazia Juca Sabão. Curozero abrira a cova para seu próprio pai, o velho Sabão. Não chorou, foi até a vez que melhor escavou. Estava a Ilha inteira olhando para ele. Tinha que mostrar que ser coveiro era profissão de competência e honra. Não é um qualquer que executa tais serviços. E nem lágrima, nem suspiro. O funeral se completou, todos se retiraram, o cemitério ficou vazio. Nessa noite choveu, ele sabia que não era apenas chuva. Saiu de casa, dirigiu-se ao cemitério e sentou-se junto à campa. Enquanto a água escorria pelo corpo ele chorou, chorou e chorou. Chorou sem parar enquanto choveu. Até que já nada lhe doía mais. Tinha sido lavado, os céus lhe tinham retirado saudades e silêncios.

Terem disparado assim contra Juca Sabão, balas de queimar roupa sobre uma vida inocente, era coisa nunca testemunhada em Luar-do-Chão. Mas vingança haveria de chegar. A bala tem sempre duas pontas. Morre a vítima, de um lado. Do outro, sucumbe sempre o próprio matador. Muita coisa o coveiro já aprendera. A morte é o escuro: quem disse? Pois ele mesmo, Curozero Muando, certa vez estivera no parapeito de um falecimento, no resvés de si mesmo. Enquanto dormia, fora atacado por hiena

e salvara-se pelo triz. Reunira toda a família e explicara: a morte, sim, era o intensíssimo clarão, o deflagrar de estrela. Um sol entrado na vista, ao ponto
de tudo ser visível só por sombra. Dito e redito: a
sombração, o acontecer do já havido futuro.

— *A gente não vai para o céu. É o oposto: o céu
é que nos entra, pulmões adentro. A pessoa morre é
engasgada em nuvem.*

Volto a espreitar a ver se ainda vislumbro a bela
Nyembeti. Mas não. Só resta a capulana estendida a
secar, movendo-se em balanço sensual. Toda a roupa recebe a alma de quem a usa.

*Capítulo treze*

# UNS PÓS MUITO BRANCOS

*Foi na água mais calma
que o homem se afogou.*

(Provérbio africano)

— *Ele está dentro do frigorífico! É lá que o deve procurar.*

Na empresa de pesca todos falam aos gritos. O barulho do gerador abafa as vozes e é aos berros que me avisam do paradeiro de meu pai. Não preciso confirmar. Porque, no instante, meu velhote surge saindo da grande câmara de gelo, frígido como uma posta de pescado. O que estava fazendo? Visitava os frigoríficos para ver se ali podia dar alojamento ao Avô Mariano.

— *Mas, pai, eu já rimo com a Avó Dulcineusa: o Avô aqui, junto com corvina?*

Meu pai riu. Afinal, não seria onde ele sempre andou, com corvinas de duas pernas, sereias de humana cauda? E dobrou gargalhada. Eu que não levasse a sério, ele tinha vindo apenas visitar um amigo que ali trabalhava. Ou duvidava eu do seu recto pensar? Mas o que ele quer é evitar assunto sério. Apetece-lhe baratear falas, sujar o peito de fumos, saltitar pupila numas moças.

— *Ainda não me puseram todo doido. Venha*

*comigo ao bar do Tuzébio. Preciso aquecer a goela.*

Pelo caminho, vou-lhe relatando o encontro com Ultímio. Meu pai reage com fúria. Vocifera.

— *Ultímio é um satanhoco!*

— *Não fale assim, pai. Ultímio é um nosso tio, temos que juntar a família, num momento destes...*

— *Isso é conversa coçada. Aqui chamamos essas falas de cuspo de vespa.*

Eu queria amolecer a pedra, mas não haveria água que chegasse. Eu que não me desperdiçasse. Ultímio não merecia. Porque esse meu tio, sua mulher e seus filhos se guiavam era por pressas e cobiças. Queriam muito e depressa. E se sucediam aos colonos: olhavam uma terra e já estavam pensando: quem dera fosse minha. Do que se sabe, porém: a terra não tem posse. Não há dono vivente. Os únicos fiéis proprietários são os mortos, esses que moram lá. Como o Avô que estava prestes a tomar posse do chão.

— *Um satanhoco! Esse seu tio não passa de um satanhoco!*

Meu pai repisa as imprecações gravíssimas que a nenhum irmão se infligem. É essa raiva que me deixa em mistério. Há qualquer coisa que me escondem.

— *O que se passa aqui, pai?*

— *Aqui não se passa nada. Em Luar-do-Chão nunca aconteceu coisa nenhuma.*

— *Não me refiro à ilha. Refiro-me ao Tio Ultímio, a estes ódios que devem ter explicação. Não me esconda nada, pai. Eu preciso saber.*

— *O que se passa, meu filho, é droga. É isso que se passa.*

— *Droga?*

— *Estão procurando droga, um carregamento de droga que foi entregue aqui e desapareceu.*

Era sua suspeita, apenas. Mas ele tinha criado um sentido para tudo aquilo. Que uns traficantes lá da cidade pensavam que o velho Mariano sabia onde estava escondida a remessa. O Avô estaria fingindo de morto, só para não confessar.

— *Desconfiam que eu sei, concedi ajuda a meu pai.*

— *O Avô nunca lhe falou de nada?*

— *Nunca. Agora, ele está nesse estado, nem cá nem para lá, mas a mim ele nunca confessou onde afundou a porcaria desse carregamento.*

Quem sabe o Avô estivesse assim, entre fronteiras, só para nos salvar? Meu velho ainda se pergunta mais: aquele sacrifício dele, fingido de mortalecido, não seria uma bondade para nos proteger dos malandrões?

Por sequência da ordem, necessitávamos primeiro era a confirmação do falecimento de nosso patriarca. Por isso tinham chamado Mascarenha, o médico. Mesmo sendo reformado de nascença, o goês estava acima da suspeita. Não era comprável.

— *O Tio Ultímio diz que vai chamar outro médico. Para confirmar o óbito.*

— *Sabe o que devemos fazer? O que devemos fazer é enterrar o Avô.*

— *O quê? Não podemos, pai, não vê que...*

— *Espera. É só uma coisa que me ocorreu. Um enterro de fingimento, só para enganar os bandidos.*

— *Mas, pai, há coisas que não se fazem de fingimento. Um enterro de fingimento?*

Manda-me calar. Estamos entrando no bar de Tuzébio. Antes de passarmos a porta, meu velho pede segredo. Tudo o que me dissera ficaria comigo. Os dedos cruzam-me os lábios em sinal de promessa.

Em volta nos saúdam, ruidosos. E nos incitam a que nos juntemos à celebração. Ninguém sabe exactamente o que se está festejando. Mas as bebidas circulam rápido, as alegrias crescem e se acrescem. O médico levanta o copo e sugere um brinde.

— *Vai brindar a quem, Mascarenha? Sim, um médico brinda à saúde de quem?*

— *Brindo a mim mesmo. A mim, Amílcar Mascarenha.*

— *A si mesmo?*

— *É que amanhã saio da Ilha.*

— *Vai-se embora? Porquê?*

— *Recebi ordem de saída.*

— *Ordem de quem?*

Mascarenha não quer comentar mais sobre o assunto. Mas ele é peremptório sobre o destino que vai dar a sua vida. Em redor, os outros comentam:

— *Esse homem está com medo.*

— *Aquilo não foi ordem. Ele recebeu foi ameaça.*

— *E ele tem razão de ter medo. Essa gente mata.*

O silêncio se intromete. Não há mais alma para conversa. Regresso à casa grande. Deveria ir repor o sono no resguardo do fresco. Todavia, decido escrever. Vou para o quintal, e me disponho na sombra da mangueira. Levo o meu bloco de notas. Vou anotando ideias, frases soltas. É então que sucede o que não é de acreditar: a minha letra desobedece da mão que a engendra. Aquilo que estou escrevendo se transfigura em outro escrito. Uma outra carta me vai surgindo, involuntária, das minhas mãos:

*Quer saber dos pés brancos, esses que trou-
xeram sangue e luto para o nosso lugar? Você, meu
neto, está lançando a isca mais longe que o anzol.
Fique sabendo, meu xará: você não veio aqui chamado por funeral de pessoa viva. Quem o convocou
foi a morte de todo este lugar. Luar-do-Chão começou a morrer foi quando assassinaram meu amigo
Juca Sabão. O filho dele, o coveiro, não lhe contou
direito? Pois eu lhe divulgo o sucedido.*

*Deflagraram no meu amigo um par de balas,
por motivo de uns sacos que trouxeram lá da cidade e deixaram na arrecadação lá de casa. O Juca
não sabia nada. Só que havia uns sacos de desco-
nhecido conteúdo, por baixo de uma velha lona.
Quem trouxe aquilo foi esse sobrinho de Juca, o tal
Josseldo. Vinha com companhias bastante inde-
sejosas, uns tantos mausfeitores de cabeças raspa-
das, uma tropa de quebrar respiros. E outros, que
mais se desenfeitavam: lenços amarrados na cabeça. Dulcineusa até se admirou: homem-macho de
lenço, faz-conta mulher? E envergando cabeça ra-
pada sem que seja por razão de luto? Os tempos já
não são de ontem, minha Santa Cicrana. E digo e
redigo: Jesus sangrou, a Virgem chorou.*

*Pois a Juca Sabão aquilo não cheirou bem. Coi-
sa boa não seria. Por isso, veio ter comigo e me disse de sua aflição. De início ele pensara mesmo
enterrar aquela sacaria nas margens do pântano.
Acharia eu bem esse destino? Mas eu deitei ponde-
ração. Haviam dito o quê, esses tais mandriões?*

*— Sim, disseram o quê?*

*Disseram que aqueles sacos trariam a riqueza
para a terra de Luar-do-Chão. Então eu amparei o
raciocínio de Juca. Ele que ponderasse: sendo coisa
que dava riqueza à terra o que poderia ser? Sim, o*

que podia ser senão adubos, estrumes que eles fabricam lá nas cidades?

— Pense bem, caro Juca. São estrumes, desses todos cheios de compostos e de químicos.

Ele meditou, juntando ideia ao raciocínio. Por fim, acedeu. E assim, convictos da natureza dos conteúdos, Juca Sabão e eu espalhámos os pós sobre as terras aráveis. Vazámos sacos e sacos pelas paisagens, misturámos tudo com as areias para dar sustento ao chão. Bastaria esperar as chuvas e era só contemplar os verdes a despontar, como bolores em pão de véspera.

Mas, depois, vieram os mesmos tantos da cidade, esse Josseldo e os demais dele, e reclamaram pelas mercadorias. Onde estavam os sacos? Foi conversa afiada, cheia de ameaça de lâmina e sangue. Até que os mandantes impuseram que Juca os conduzisse lá ao lugar onde ele vazara os sacos. Mas o meu amigo estava esquecido. Sem intenção, tudo verdade e genuína falta de lembrança. O compadre Juca perguntava:

— Em que lugar? Mas tudo são lugares. Foi por onde espalhei os adubos, por aís.

Que estariam já dissolvidos entre raízes, irmanados com as areias. Para exemplificar o Juca Sabão se debruçou e apanhou uma porção de terra nas mãos.

— Estão por aqui, nestas terras todas infindáveis.

Os forasteiros não confiaram. E gritaram, ameaçaram, passando aos físicos argumentos. Às porradas lhe queriam arrancar a confissão. O sobrinho acudia em favor do respectivo tio? Não, o moço era mesmo o mais activo na pancadaria. Quase desencorpavam o meu amigo. Até que um dos tais, arma na mão, aplicou pontaria na cabeçorra de Juca Sabão. Aquilo foi disparar e ver como, fora do corpo, o sangue escorre em caminhar de cobra. A terra que ele trazia nas mãos nunca chegou a cair. Tombou foi ele, pesado e despenhado. Mas a terra sustida na concha de suas mãos, essa ficou para sempre aninhada no gesto de Juca.

No dia da cerimónia do pobre Juca me assaltou a certeza: você tinha que salvar Luar-do-Chão. Sim, faltava-nos um que viesse de fora mas fosse de dentro. Pensava isto enquanto sentia como na nossa Ilha se misturavam o respirar da vida e o sopro da morte. Ao enterrarmos Juca estávamos deitando indevido osso no ventre da terra. Não tardaria que o chão nos punisse a todos.

Sabe o que sinto ao lembrar o compadre Juca Sabão? Eu tenho inveja dele, tanta inveja, Santo Deus. Que vergonha, está ver? Inveja é sentimento mesquinho que a gente dedica à coisa mundana. Mas o que eu invejo em Sabão não é coisa que ele possuísse mas o modo como ele morreu. Meu amigo levou em sua mão a devida porção de terra. Me compreende? Juca não esperou que os outros lhe atirassem os torrões. Ele mesmo lançou o primeiro punhado de areia sobre seu corpo.

## Capítulo catorze

# A TERRA FECHADA

*A lua anda devagar
mas atravessa o mundo.*

(Provérbio africano)

Por fim, o funeral do Avô. Incompleto, mas acontecendo, pesado e inevitável. Sem morto e sem corpo, mas com cerimónia e pompa. Decidiram que houvesse enterro para desempate de opinião. Parte dos familiares já se impacientava. Uns queriam regressar e necessitavam partilhar da despedida do mais-velho dos Malilanes. Necessitavam nem que fosse da metade de um adeus.

A Ilha inteira enche o cemitério. As carpideiras estão à entrada semeando lacrimosos cantos, enquanto os familiares se enfileiram de ambos lados do portão. Espera-se o coveiro para iniciar a derradeiração.

O caixão, contudo, ainda está em casa. E lá, na sala sem tecto, o corpo de Mariano ainda resta fora do caixão, à espera de um há-de-vir. O Avô aguarda em exclusiva companhia de sua esposa, Dulcineusa. Só depois de abrirem a cova e encaminharem as primeiras bênçãos, só então o tractor irá buscar Dito Mariano.

Por fim, Curozero Muando dá entrada no cemitério, arrastando a pá pelo chão. Apesar do desprendimento há nele uma certa dignidade: afinal, ele é o único coveiro de Luar-do-Chão. Vai abrindo alas entre a cerimoniosa multidão, cantarolando a canção:

— *Juro, palavra de honra, sinceramente, vou morrer assim.*

Apaga o cigarro no cabo da pá, cospe nas mãos a preparar-se para a árdua tarefa. Abstinêncio sugere a meu pai:

— *Vá lá pedir que não cante aquela canção...*

O coveiro levanta a pá com um gesto dolente. O metal rebrilha, fulgoroso, pelos ares, flecha rumo ao chão. Contudo, em lugar do golpe suave se escuta um sonoro clinque, o rasposo ruído de metal contra metal. A pá relampeja, escoiceia como pé de cavalo e, veloz, lhe escapa da mão. Meu espanto se destamanha: seriam faíscas que saltaram? Ou fosse o pássaro ndlati despenhando-se no solo terrestre? Certo é que a pá tinha embatido em coisa dura, tanto que a lâmina vinha entortada. Curozero Muando mira e remira o instrumento, sacode a cabeça e passa os olhos pelos presentes como se esperasse instruções. Meus tios, porém, permanecem mudos, em afinado calafrio. Uma nuvem pesa sobre o lugar.

O coveiro decide abrir uma cova mais ao lado. Um rumor percorre os presentes. Curozero, transpirado, afasta-se uns passos e recomeça a batalha contra o chão. Em vão. Também ali lhe surge, à flor da terra, uma pedra intransponível. Alguém dá ordem: que se intente uma terceira cova mais além. De novo a pá raspa em superfície dura. O Tio Ultímio avança, peremptório, e retira a pá das mãos do coveiro.

— *Dá-me esse focholo!*

Determinadamente, ele lança a pá de encontro ao chão. Mais uma vez a pá embate em obscura rocha. Um arrepio percorre a alma de todos. Chamam o coveiro à parte e perguntam:

— *O que se está a passar?*

— *Não sei, patrões, nunca vi uma coisa assim. Parece a terra se fechou.*

— *Como é que se fechou?*

— *Não sei, estou muito confuso.*

— *Cava lá, vai para além e cava lá, perto da árvore.*

O coveiro dirige-se para junto da frangipaneira, num canto do cemitério. De novo, ele enfrenta o chão. Uma vez mais se escuta a metálica colisão, a anunciar o intransponível substrato. Aumenta o desespero.

De repente, meu pai, fora dos eixos, desata a vociferar: não se devia cavar com um instrumento de metal. Isso feria a terra. Dito isto, ele se ajoelha e desata a cavar com as mãos. Escava com desespero, babando-se com o esforço. Em pouco tempo, seus dedos ficam em sangue. Meu pai se desespera no vivo da carne, gemendo e praguejando. A terra que amontoa vem avermelhada de sangue. Até que o pé de Abstinêncio lhe suspende o gesto. O Tio sentencia:

— *Pára com isso, só está a piorar as coisas!*

Tombado assim, sem os devidos encaminhamentos, o sangue é um veneno conspurcando o falecido e mais toda a família. Os nervos afloram, meus tios se engalfinham:

— *Isto é feitiço, meu irmão. Isto é resultado de feitiço.*

— *Feitiço contra quem? Contra mim certamente não é.*

— *Pois então contra quem é?*

— *Contra nós, porra. Contra nós.*

— *Como contra nós? Fale por você, Abstinêncio.*
— *Foi sua culpa, Ultímio, você é que traiu os mandamentos da tradição.*
— *Que mandamentos, porra?*
— *Encheu-se sozinho lá no governo. Esqueceu a família, Ultímio.*

A discussão se suspende, o coveiro está de regresso, ombros circunflexos.

— *Então, conseguiu?*

Ele abana a cabeça, pesaroso. A boca dele sofre de má memória: esquece-se, invariável, de fechar. Tinha sondado as redondezas, à procura de terreno cavável, capaz de receber sepultura. Sempre sem resultado. Curozero aconselha-nos a recolhermos a casa que ele vai resolver o problema, vai continuar tentando. Passará o terreno a pá fina.

— *Amanhã, os excelentíssimos chegam e já encontram uma completa cova toda escavadinha.*

Para uma promessa, a sua voz é demasiado trémula. Com um gesto vago, ele nos chama mais perto. E sugere:

— *Os senhores, no enquanto, devem organizar uma vigilância. Aqui roubam-se os mortos.*

— *Pagamos a um polícia* — disse o Tio Ultímio.
— *Eu pago, podem deixar comigo.*

— *Isso não chega, meus amigos* — responde o coveiro. — *O senhor não conhece estas vizinhanças daqui. Aqui é preciso cimentar o chão. Senão os gajos vão lá em baixo, escavam a terra para irem buscar os caixões.*

— *Ainda não temos cova e já estamos a pensar na defesa da campa?*

Somos interrompidos pela inesperada chegada de Nyembeti. A irmã do coveiro, submissa, fica enrolada em silêncio e respeito. Só depois entrega um

molho de notas a Ultímio. O que ela diz é imperceptível para todos nós, excepto para Curozero. É ele
que, contrariado, traduz a fala da irmã:

— *Teka mali yako. É isso que ela está dizer. Está
a devolver o seu dinheiro.*

O Tio Ultímio está tão surpreso quanto irritado.
Os ombros lhe sobem, o tom da voz se militariza.
Aponta para Curozero Muando e baixa sentença:

— *Amanhã quero isto resolvido.*

— *Não recebo ordens nem do senhor nem de
pessoa nenhuma.*

Todos se entreolham, admirados. O coveiro perdera, de súbito, o ar subservidor? Olhando Curozero
Muando, não há sombra para a dúvida. O homem
fala, dando bicos aos pés. Ao serviço dos outros tinha trabalhado sempre. Dos outros, parecia. Porque
ele trabalhara, sim, ao serviço da vida.

— *A minha única patroa é a vida.*

Ultímio ainda profere umas tantas ameaças antes
de virar costas. Meus outros tios retiram-se, a moça
também se afasta. Sou o único que fico, fazendo
companhia a Curozero Muando. Fazendo companhia é uma força de expressão porque o coveiro
não pára. Está agitado, parece um javali farejando o
chão. Depois, ele se detém, sentado sobre o muro.
Aproximo-me, mas não falo. Esse o modo de mostrar respeito. E espero pela sua fala, sem imposição
de pressa. Por fim, ele se manifesta:

— *Vou-lhe dizer, agora que estamos os dois.
Para mim isso é vingança.*

— *Vingança de quem?*

O coveiro confirma se estamos sós e explica:
vingança do chão sobre os desmandos dos vivos. Eu
que pensasse na quanta imundície estavam enterrando por aí pelos desamundos, sujando as entra-

nhas, manchando as fontes. Dizem que até droga misturaram com os areais do campo. O que estava sucedendo naquele cemitério era desforra da terra sobre os homens.

— *Desforra da terra?* — perguntei.

— *Não sabe? A terra morre como a pessoa.*

O que se passava era, afinal, bem simples: a terra falecera. Como o corpo que se resume a esqueleto, também a terra se reduzira a ossatura. Já sem ombro, só omoplata. Já sem grão, nem poeira. Apenas magma espesso, caroço frio.

— *Mas isso não tem nenhum cabimento.*

— *Aqui cabe tudo, meu amigo. Eu já lhe disse: você anda a apanhar pulga só com um dedo.*

Grande culpa vinha da guerra, continua o coveiro. Soterraram muita gente baleada, o chumbo transvazara dos corpos enterrados para o chão. Agora já não havia cova, nem fundo. Já nem terra poderíamos extrair da terra. É vingança da terra, repetia.

Lá ao longe passa o vulto de Nyembeti envergando negras vestes sobre a pele escura. Os mosquitos, em nuvem, me avisam: é hora de me retirar. Mas Curozero Muando ainda me quer dizer qualquer coisa. Fala em surdina, mão em concha sobre o rosto.

— *Há bocado falei mal com seu tio. Nem sei o que me passou...*

— *É natural, você está nervoso, Curozero.*

— *É essa porcaria que ele está fazendo com Nyembeti. Lhe pergunto: dinheiro compra uma vida?*

— *Fique calmo, Curozero. Esqueça o Tio Ultímio.*

— *É que um morto ainda podemos enterrar. Mas o medo, isso não se pode enterrar.*

— *Não tem que ter medo, meu irmão.*

— *Você é que já esqueceu. O medo, aqui, é o primeiro ensinamento.*

— *Mas tem algum motivo para ter medo?*

— *Mas será que você não vê, será que é mais cego que um nó? Ou só tem olhos para espreitar a irmã do outro?*

— *Espreitar a irmã? Mas eu nem olhei nunca...*

— *Desculpe-me, eu falei só por falar. São os nervos que me autorizam a falar indevidas coisas.*

Deixássemos esses meandros. O problema agora era o impossível enterro. Eu que fosse para casa e matutasse bem. Porque a embrulhada não era apenas a recusa da terra em se abrir. Era o morto que se negava a entrar. Isso era o outro motivo do medo. Tentei deitar água na fervura:

— *Ora, não leve a sério, Curozero. Você conhece bem o Avô Mariano!*

Para Dito Mariano, com sua grande preguiça, morrer devia ser muito trabalhoso. Acontecia apenas que se demorava a encetar o último passo.

— *Em vida quando o esperávamos ele aparecia? Pois agora quando desesperamos ele também não desaparece.*

Já em casa, um alvoroço me revolve a alma. A imagem de meu pai escavando em desespero me persegue. De noite até sonho. Sobre a extensão imensa de um chão nu e vermelho se vêem dezenas de buracos que ele havia aberto. Meu velho, Fulano Malta, ergue a cabeça e proclama:

— *Não estou abrindo sepulturas para o falecido, seu respeitoso Avô. Estou-me enterrando a mim, vivo, enquanto tenho forças.*

*Capítulo quinze*

# O SONHO

*Mais e mais me assemelho ao caranguejo:*
*olhos fora do corpo,*
*vou sonhando de lado*
*hesitante entre duas almas:*
*a da água e a da terra.*

(Curozero Muando)

Eis o que sonhei: que o coveiro Curozero Muando tinha escavado em terras fora do cemitério, longe da vila. Procurara as mais distantes paragens, nas bermas das lagoas, nos outeiros de Zipene, nos vales de Xitulundo. Em todos os lugares sucedia o mesmo: não era possível penetrar no solo. Tentou-se mesmo até na secreta sombra de Ximhambanine, a sagrada floresta dos anciãos. O coveiro desabara, joelhos na areia: os deuses nos acudissem e amolecessem o chão. Mas nem reza nem lamento resultaram. Invariavelmente, a pá chocava com um duro manto de pedra. Era como se, em todo o lado, a terra inteira tivesse fechado.

Chegaram amigos da cidade e disseram-me que o mesmo fenómeno estava ocorrendo noutros lugares. Em todo o país, a terra negava abrir o seu ventre aos humanos desígnios. Enviei mensagem para o exterior. E o mesmo se passava também por lá. Em todos os continentes o chão endurecera, intransponível. O assunto tornara-se uma catástrofe de proporções mundiais. Não era apenas a impossibilidade de enterrar os cadáveres. A agricultura paralisara. Os trabalhos de construção, as minas, as dragagens nos portos, tudo estava parado.

Dirigentes internacionais procuravam apressadamente explicações, cientistas de reputação pesquisavam motivos, multiplicavam-se comissões, viagens e expedições. Ninguém fazia ideia que a raiz de tão grave desequilíbrio se localizava, afinal, na nossa pequena Ilha. Ninguém sabia que tudo começara na pessoa do Avô Mariano.

No sonho, eu regressava ao cemitério. Não encontrava o coveiro Curozero. Mas lá estava a sua irmã, Nyembeti, mais convidativa que nunca, trajando a movediça capulana que mostrava mais que cobria.

Instigando-me com gestos e assobios a moça me conduziu para um local que só ela conhecia, no sopé de um monte. Escolheu entre fragas e cavernas e se meteu por um esconso recanto. Ali onde a luz mal chegava, ela se deitou na terra escura e me chamou. Era uma gruta sombria e o cheiro me era familiar. Hesitei antes de me estender no chão. Me fazia temor o não ver onde me pendia.

— *Deite-se em cima de mim!*

Afinal, Nyembeti falava? E falava português? Meu corpo cobriu o dela, os braços me suportaram para não pesar sobre ela. Mas ela me puxou os pulsos e levou as minhas mãos a que lhe cobrissem os seios. E depois visitassem o seu corpo, seus húmidos segredos. Ali no escuro fizemos amor. Nossos gemidos se amplificavam, ecoando nos redondos da caverna. No final, uma ave se soltou do tecto, esbranquiçando as penumbras.

Só quando me recompunha, arfante, é que reparei: aquele cheiro da gruta era o mesmo do quarto de arrumos. E o gosto daquela mulher, a voz, o perfume, tudo era o mesmo. Podia Nyembeti ter estado naquele dia em Nyumba-Kaya? Podia ser ela a incógnita amante que antes me assaltara?

— *Se admira de eu falar português?*

Me espantava ela falar. Mas a moça explicou: queria escapar aos vários Ultímios que lhe apareciam, com ares citadinos. Se fazia assim, tonta e indígena, para os afastar de intentos.

— *Com você posso falar qualquer língua. E mesmo em nenhuma língua.*

Beijámo-nos. De novo, me veio a sensação de regressar ao escuro do quarto de arrumos. O braço dela me afasta, com doçura mas sem vacilar.

— *Agora, venha comigo. Eu trouxe-lhe aqui para lhe mostrar.*

As mãos, em concha, escavaram a terra. E o assombro me catapultou o peito. O solo ali era fofo, minhocável, esfarelento. Nyembeti descobrira onde se podia cavar a sepultura do Avô.

— *Como é que você encontrou este lugar?*

Mas ela negou. Os lugares não se encontram, constroem-se. A diferença daquele chão não estava na geografia. Apontou para nós dois e embrulhou as mãos para, em seguida, as levar ao coração. Ela queria dizer que a terra ficou assim porque nela nos amáramos? Seria o amor que reparara a terra? Fazer do chão um leito nupcial, seria isso que amoleceria a terra e nos punha de bem com a nossa mais antiga morada? Talvez. Talvez fosse tudo tão simples como o lençol do velho Mariano, esse onde ele agora repousa. É esse lençol, quem sabe, com todos os cheiros de antigos amores, é esse lençol que vai prendendo o velho à vida.

Nyembeti me olhou, curiosa de me ver ausente. Sorriu e com um gesto sugeriu que eu regressasse à vila. Ela ficaria na gruta. Ainda me dirigiu um pedido, à despedida:

— *Sei que você irá para a cidade. Mas quando voltar deve trazer-me uma prenda de lembrança.*

Estranho o que ela queria que eu trouxesse: saliva de cobra, cuspo de lagarto. Ou antes, caso eu pudesse: seivas de arbusto maligno, gosma de cacto. Qualquer coisa desde que fosse da ordem dos venenos, das mortais peçonhas que certos bichos e plantas confeccionam em seus interiores infernos. Isso eu sonhei, naquela noite quente.

Manhã cedo me ergo e vou à deriva. Preciso separar-me das visões do sonho anterior. Pretendo apenas visitar o passado. Dirijo-me às encostas onde, em menino, eu pastoreara os rebanhos da família. As cabras ainda ali estão, transmalhadas. Parecem as mesmas, esquecidas de morrer. Se afastam, sem pressa, dando passagem. Para elas, todo o homem deve ser pastor. Alguma razão têm. Em Luar-do--Chão não conheço quem não tenha pastoreado cabra.

Ao pastoreio devo a habilidade de sonhar. Foi um pastor quem inventou o primeiro sonho. Ali, face ao nada, esperando apenas o tempo, todo o pastor entreteceu fantasias com o fio da solidão.

As cabras me atiram para lembranças antigas. E o rosto de Mariavilhosa, minha doce mãe, vai neblinando o meu olhar. Porque naquelas pastagens muitas vezes aquele rosto me visitara procurando refúgio em minha pequena alma. Minha mãe tinha engravidado, antes de mim. Mas alguma coisa não correra bem. Diz-se que abortara, mas a história se distorcia no tempo. O médico, sempre o mesmo Mascarenha, tinha assegurado que Dona Mariavilhosa jamais poderia voltar a conceber. A medicina se

engana e eu sou prova viva disso. Depois de mim, a
mãe ainda voltou a engravidar. Mas a velha profecia
desta vez se confirmou. Aquele meu irmãozito, dentro do ventre dela, não se abraçara à vida. Para Mariavilhosa aquilo foi motivo de loucura. Podia ser
estranho, mas o parto — chamemos parto àquele
acto vazio — se deu na noite da Independência.
Naquela noite, enquanto a vila celebrava o deflagrar
de todo o futuro, minha mãe morria de um passado:
o corpo frio daquele que seria o seu último filho.
Meu pai me levou para dentro de casa enquanto
Mariavilhosa, com o recém-falecido ao colo, se arrastou pelo pátio. Ainda a vimos erguer o corpo do
bebé para o apresentar à lua nova. Como se faz com
os meninos recém-nascidos. Meu pai lhe entregou
um pedaço de lenha ardendo. E ela atirou o tição
para a lua enquanto gritava:

— *Leva-o, lua, leva o teu marido!*

Aquele fogo riscando o escuro me ficou gravado
como se fosse um astro subindo alto para depois
tombar em mil cadências de luzes. Anos mais tarde,
já minha mãe falecida, eu olhava a lua enquanto
pastoreava no escuro e via Mariavilhosa com o menino em suas costas. E escutava o seu pranto aflito,
aferroado pela fome. Então eu acorria à fogueira e
apagava o lume. Matando o fogo eu me expunha
aos bichos e ao frio. Mas isso não tinha importância.
Eram as trevas que eu necessitava. Só no escuro minha mãe encontrava conforto e guarida. Nesse recanto ela calava meu falecido irmão, esse que, por
nunca ter vivido, não haveria nunca de morrer.

## Capítulo dezasseis

## IDEIAS DE BICHO

*Veja a vida como é:*
*eu tenho dois corações*
*e só vivi a vida por metade.*
*Nasci no dia em que, no céu,*
*dois sóis brilharam.*
*E no entanto, para mim,*
*foi sempre noite.*

(Avô Mariano)

A terra pode amolecer por força do amor? Só se o amor for uma chuva que nos molha a alma por dentro. Mas você não devia meter palavra em pensamentos desses. Porque isso é ideia de bicho, meu filho. Só o bicho sabe que não há chuvas, diferentes e variadas. A chuva é só uma. É sempre a mesma chuva, apenas interrompida de quando em quando. A terra, assim fechada, é assunto que lhe escapa a si, aos bichos, aos vivos. Porque não tem causa de suceder. Só tem motivo de acontecer.

Esta terra começou a morrer no momento em que começámos a querer ser outros, de outra existência, de outro lugar. Luar-do-Chão morreu quando os que a governam deixaram de a amar. Mas a terra não morre, nem o rio se suspende. Deixe, o chão voltará a abrir quando eu entrar, sereno, na minha morte. É por isso que você me deve escutar. Me escute, meu filho.

Sempre tive pensamento baço, com juízo seco. Porque eu, meu neto Mariano, eu era ainda muito novo quando desatei a envelhecer. Tal como agora:

*comecei a morrer ainda vivo. Ir falecendo, assim*
*sem dar conta, isso não me dava custo. Mas ficar*
*velho, sim. Esse entorpecimento não me dava ape-*
*nas tristeza. Pior, me dava vergonha. Esse declínio*
*me vergava a um peso que vinha de dentro, como*
*se estivesse engravidando do meu próprio faleci-*
*mento e sentisse a presença crescente, dentro de*
*mim, desse feto que era a minha própria morte. Até*
*pensei na tristeza de minha nora, sua falecida*
*mãe, que sabia que o bebé estava já morto na sua*
*barriga. Ainda assim ela acariciava o ventre olhan-*
*do a lua cheia como se faz para chamar boa sorte*
*para os nascentes. Sua mãe, Dona Mariavilhosa,*
*era uma mulher de valor e grandeza. Morreu no*
*rio que é um modo de não morrer. Ela queria ter*
*tido muitos filhos. Você foi, afinal, o único. Todo o*
*tempo está em suas mãos, fosse um mar feito de*
*uma só onda. Você deve ir visitar a campa dela.*
*Tirava umas mãos-cheias dessa terra que a cobre e*
*espalhava por aí pelos campos a ver se purificava*
*esses paradeiros.*

*Viu? Sempre acabamos por desembocar nelas,*
*as malfiguradas mulheres. No princípio, elas esta-*
*vam fora de minhas razões. À medida que a idade*
*me consumia eu ia ficando mais capaz de enten-*
*der as mulheres. Quando menos as podia amar,*
*mais eu ganhava um outro afecto por essas criatu-*
*ras. Menos eu precisava de corpo para saltar por*
*cima de suas belezas, mais elas me ficavam próxi-*
*mas, quase parecidas.*

*Até que cheguei a esse ponto em que a idade se*
*converte numa doença. Vezes houve que me ocor-*
*reu o suicídio. Mas eu lá derramava uma garrafita*
*e, num instantâneo segundo, já estava preparado*
*para acreditar outra vez. Depois, porém, voltava a*

*recair. Pudesse Deus levar-me, assim como a João Felizbento, o tonto dos jornais, que colectava papéis velhos no bairro dos brancos. Ele foi carregado por Deus como se, dessa vez, fosse ele o jornal velho. Gostava que me acontecesse assim, vertido em coisa já sem uso, bastando a Deus se debruçar para apanhar esse inutensílio.*

*Houve vezes em que deitei esperança em doença: uma enfermidade que me levasse, irremediável. Certas ocasiões, essa esperança quase se cumpria: acordava todo inchado e dava graças, esperando que minhas águas interiores crescessem como uma maré de Setembro. E passava o dia controlando o dedo maiúsculo engordado como o peixe mussopo. O chinelo desaparecia, vincado entre as papudezas. Nessas alturas, dispensava os atacadores. Saía à rua, apenas de chinelos. Descalço é que não. Um negro não anda descalço senão por punição, condenado à revivência do passado. A pobreza é andar rente ao chão, receoso não de pisar, mas de ser pisado. Que o espinho maldoso se crava não no pé, mas no coração da pessoa.*

*Enfim, de minha alma restou o quê? Um amontoado de saudades. Minha alma é um ferro-velho, na sucata do mecânico João Celestioso. A saudade é uma ferrugem, raspa-se e por baixo, onde acreditávamos limpar, estamos semeando nova ferrugem. Era o que, agora, mais me dava sofrimento. Saudade do bom copo, saudade de ter corpo e não o sentir, saudade até de mijar bem do alto de mim. Saudade dos sabores da vida, desses temperos que me esperavam. Não era a refeição que eu comia, era a própria vida que era servida, em pratos sempre luzidinhos.*

*O que eu lhe digo, meu neto: apesar de desacendido ainda me resta um fulgor, sombra de um bom espírito. Tanto é que, no momento em que me veio esta morte, um feitiço atravessou toda a vila. Meus olhos expiravam, meu peito esbatia e, nesse exacto instante, as fogueiras tremeluziram nas casas como se ventasse uma súbita e imperceptível aragem. E depois se apagaram, sopradas por essa sombra espessa. Se extinguiram no mesmo segundo em que se acenderam as máquinas que me fotografaram.*

*Perguntou sobre as razões do meu apagamento. Pois foi assim que sucedeu. E não se ocupe nem se preocupe. Porque você, meu neto, está cumprindo bem. Amparando sua Avó, sossegando os seus tios, amolecendo medos e fantasmas. Está quase completo o que tinha que fazer junto da família. Quase. Falta, porém, ainda o mais doloroso.*

*Capítulo dezassete*

## NA PRISÃO

*Para alguns,*
*a vida sepulta mais que a morte.*
*Que eu, de mim,*
*só tive duas condições:*
*desterrado e enterrado.*

(Avô Mariano)

No bar do mulato Tuzébio reina a geral animação. Todos falam alto, gesto e voz pairando sobre os copos de cerveja. A própria fala parece espuma, batida por muita teimosia. O tema era um só: a maldição que tombara sobre a terra. Já se tinha visto toda a variedade de desgraças, praga de gafanhotos, seca de gretar pedra, incêndio de engolir celeiros, cheias de lamber a inteira paisagem. Mas o chão fechar-se, isso nunca tinha sido visto. O empedrecer das areias era um castigo de que não havia memória.

E onde encontrar a razão daquele castigo, de quem seriam as culpas? Dava medo até indagar sobre as causas de tamanha desventura. A verdade é como o ninho de cobra. Se reconhece não pela vista mas pela mordedura. Alguns me aconselham:

— *O melhor é você sair da Ilha, você é um homem quente.*

Ser *quente* é ser portador de desgraça. Nenhuma pessoa é uma só vida. Nenhum lugar é apenas um lugar. Aqui tudo são moradias de espíritos, revelações de ocultos seres. E eu despertara antigos fantasmas.

— *Vão dizer que foi você, Mariano.*

— *Eu, porquê?*

— *Deixou de chover quando você chegou, a terra fechou depois de você estar aqui. Tudo são coincidências, meu caro. E todos sabemos que coincidência é coisa que acontece mas que nunca existe.*

Meu pai contraria a maré, fazendo escutar a sua poderosa voz sobre a de todos os restantes:

— *Você, meu filho, não sai daqui. Aliás, você nunca saiu de Luar-do-Chão.*

Finjo consentir, escuto ordens e conselhos sem responder nem sim nem talvez. Estava aprendendo os modos da terra, escutando em aparente fleuma. O que é que fica tão longe que toda a gente vê melhor é dentro de nós? O horizonte. Pois eu estava além do horizonte. Em mim se instalara a certeza: a minha obrigação era para com o Avô Mariano e eu devia cumprir seus recomendamentos.

Saio do bar, como que entontecido. Na verdade, eu tinha bebido um simples meio-copo, coisa de aquecer o esquecimento. Paro no caminho escuro. Junto a um tronco urino, libertando os recentes excessos. Sinto, lá no alto, o desfiar do vento nas ramadas dos coqueiros. Na berma do atalho alguns miúdos, tardios, desmiolam cocos. Moças trançam cabelos. No meu tempo seria impossível àquela hora encontrar miudagens fora de casa. Estas crianças não terão voz que as chame? Talvez fosse a confirmação do dito do Avô: todos esses meninos são órfãos, mesmo os que têm pai e mãe vivos. Serão como os passarinhos: nunca sentirão saudade do ninho.

De repente, vejo que dois polícias avançam pelo mesmo caminho que eu estava pisando. Certamente se trata de uma rusga de rotina nas tendas. Ao cruzarem comigo, porém, eles me seguram e começam, de imediato, a amarrar-me os braços. Espantado, nem reajo. Dócil de tanta insensatez, sou conduzido à esquadra. Sentado, com imponência estudada, me espera o administrador. Está com cara de fígado, e sem rodeios me lança, com voz peluda:

— *Você urinou no chão?*

Não entendo logo. Mas ali estava a subterrânea suspeita. Tinha sido eu o causador da desordem terrestre. Sendo um homem aquecido, a urina podia ter calor suficiente para fundir os subterrâneos minerais. O administrador teima, finca-pedestre:

— *Fez amor durante estes dias?*

A raiva me amarra a voz na garganta. O rancor crescia, desgovernado de mim quando contra-inquiri:

— *Meus tios sabem que estou aqui?*

Percebo, tarde de mais, que não devia ter perguntado. Porque a pergunta fez crescer o empoleiramento do administrador, necessitado de mostrar suficiência. O homem assanha a ideia: o cemitério é para os que morrem, a vida é para os que vivem. A minhoca é que anda a esburacar sem licença, diz ele. E prossegue, interrogando-me:

— *O que foi fazer ao cemitério, o que andou a conversar com esse coveiro?*

A tensão vai engordando. Os polícias não me apontam pistola mas espetam-me o abutreado olhar. O que faria o Avô naquela circunstância? E penso: é curioso eu procurar inspiração no mais-velho. Afinal, já me vou exercendo como um Malilane. E logo a resposta me ilumina: Mariano haveria de se fazer de morto. E isso é o que decido fazer. E se comprovou ser o mais acertado, no momento. Porque, afinal, naquela esquadra não se estava a falar do que se estava falando. Não era o fechar da terra que interessava. Desconfiavam de outra coisa: que eu estivesse mexendo no assassinato de Juca Sabão. Com esperteza da cidade eu remexia em assunto já enterrado. Eu era a tal mexeriqueira minhoca.

Como não respondesse tiraram-me os sapatos e ordenaram que sentasse no chão. E ali me deixei, sentindo, só então, o quanto as cordas me penetravam nos pulsos.

Entretanto, a notícia de minha prisão tinha já chegado à taberna do Tuzébio. Meu pai fez-se num disparo e, sem modos, entra pela esquadra a reclamar. Impávido, o administrador esclarece:

— *Seu filho não está preso, está apenas detido.*

— *Pois eu não venho libertá-lo mas apenas soltá-lo* — responde Fulano.

E como se fosse a um miúdo ele me apanha pelos colarinhos e, à força, me vai conduzindo pela sala. Um dos polícias se atravessa no caminho e empurra meu pai de encontro à parede. Voa um pontapé, depois outro. Meu pai está dobrado num canto, acomodando as dores, uma por uma.

— *Parem com isso, imediatamente!*

É ordem de meu Tio Ultímio. Sem que me apercebesse, ele entrara por uma das portas interiores da esquadra, uma das que dava ligação com a administração. Os polícias se retaguardam. Meu pai se endireita:

— *Vamos, meu filho. Vamos embora.*

Ainda esperei que as autoridades viessem em nosso encalço. Mas não. Saímos da esquadra, atravessámos a multidão que se tinha acumulado em redor do edifício. Fulano Malta não destroca conversas e me leva, mesmo assim, mãos amarradas por trás das costas. Vamos para o cais. Ficamos os dois, no meio da noite. Ele olha as águas. Como seus olhos fossem remos e sulcassem o rio contra a corrente. Um homem bom tem o coração no pé, à mercê de ser calcado. Depois de muito silêncio, ele murmura:

— *Peço desculpa.*

— *Pai, está-me a pedir desculpa, a mim?*

— *Não é a si. É a Juca Sabão. É a ele que peço perdão.*

— *Não me vai soltar, pai?*

Ele sorri, um esgar feito só de tristeza. Tinha-se distraído, atento aos seus fantasmas. Desata-me as cordas e espreita-me os pulsos. Dos fundos sulcos escorre sangue.

— *Não se lave no rio. Não deixe o sangue tombar no rio.*

Com as mãos faz uma concha e lava-me a conveniente distância da margem. Enquanto me trata, vai falando: pena era que Nyembete fosse retrasada e desbotada para as falas. Porque ela tinha visto Juca Sabão ser morto, era a única testemunha viva do assassinato. Mas não era credível. Por isso os assassinos a tinham poupado.

— *Veja como é a vida. O atraso dessa moça sempre a afastou da vida. Agora foi esse atraso que a salvou.*

— *Mas ela sempre foi assim?*

Meu pai conhece a história da moça do cemitério. É um caso antigo, a menina se divergira do seu destino desde que nascera. Dizia-se, à boca curta, que ela tomava venenos. Não passava dia sem tragar uma dose.

A razão desse vício? Bom, uns morrem no parto. Outros falecem mesmo antes de nascerem. Como esse meu irmãozito que nunca ascendeu à luz. Com ela tinha sucedido igual. Seu corpo escapou-se das mãos da parteira, tombando em plena areia. Foi quando do inesperado capim surgiu a cobra sombradeira. Dessas que nem necessitam de morder. Basta passar na distância de uma sombra e, em volta, as vivências descamam, definham e desfalecem. A dita serpente fez mais que passar: lhe espetou a dupla dentição e cravou nela esses líquidos que liquidam. Mas, surpresa. Pois que, nela, aquilo surtiu efeito inverso: a fatal mordedura a fizera renascer e florescer. Aquilo fora como um sopro, o beijo em sono de princesa.

Dizia-se, por isso, que a mãe dela não lhe dera à luz. Dera-a à sombra. Uns choram quando nascem. Choram para aprender a respirar. Ela respirava no choro dos outros. De lhe dar o peito, a mãe adoeceu, contaminada das gosmas que seus lábios exsudavam. Vieram as tias e secaram-se-lhes os seios até semelharem cotovelos. Desvalida para aleitamento ela se nutriu foi de venenos. Traziam-lhe das variadas fontes. Essa era a razão de seu vício. Daí provinha também a sua dificuldade em se expressar. A cobra fizera um nó na sua alma, enroscando-se--lhe na voz.

— *Pai, como é possível que eu tenha sonhado com isso?*

— *Com isso o quê?*

— *Sonhei que Nyembeti me pedia veneno.*

Meu pai sacudiu a cabeça e exclamou: *meu filho, o que lhe está entrando no sonho!* O homem que vive em espanto deixa portas abertas no sonho. Por aquela brecha me entravam ideias de bicho, vozes dos mortos. Até essa tonta, a descabeçada de Nyembeti, ganhara licença dentro de minha alma.

— *Mas eu sei a razão desse sonho.*

Sim, havia uma razão. Eu já não me recordava mas, em menino, eu brincara com a moça. E até com ela me escondera nas covas meio abertas. Meu pai me ralhara, proibindo-me de entrar naqueles tétricos lugares. O buraco, dissera ele, é feito para bicho rasteiroso, insecto chafurdador e criatura despedida do viver.

Tudo isso meu pai me falou. Depois, mandou que eu regressasse a casa. Antes de me retirar ainda lhe atiro, como paga de um carinho:

— *O Padre Nunes gosta tanto de si, pai!*

— Eu sei. Também sei por que é que ele se vai embora.

— Disse-me que está cansado. Vai de férias.

— *Nem sei se volta mais.*

E entendia-se que fosse dali para nenhum destino. Afinal, um padre confessa-se a quem? Fala directo com Deus? Confessar-se a outro padre, o nosso Nunes não podia, sozinho que estava. A questão é que, segundo meu pai, o sacerdote tinha pecados graves a confessar. Nunes tinha absolvido criminosos. O sacerdote inocentara gente com mais veneno que as doses de Nyembeti.

Regresso a casa. À entrada, a Avó Dulcineusa me prende pelo braço. O desvairo lhe faz pestanejar os olhos, persianas batidas por ventos cruzados.

— *Sabe o que desconfio? Desconfio que Miserinha está grávida.*

— *Como é possível, Avó?*

— *Não vê que ela já não bebe água de pé?*

— *Ora, Avó!*

— *Não vê que ela agora esfria o caril antes de o meter na boca?*

— *Avó, já viu a idade dela?*

— *Está grávida de seu Avô, Mariano.*

— *Do Avô, então, é que é mesmo impossível.*

— *Ele é muito malandro, mesmo morto, ainda é um mexedor de mulher.*

— *Miserinha é velha, Avó, mais velha que a terra.*

— *Esse seu avô tem conversa com tal encanto que pode diminuir a idade de qualquer mulher.*

*Capítulo dezoito*

# O LUME DA ÁGUA

*Olhamos a estrela como olhamos o fogo.*
*Sabendo que são uma mesma substância,*
*apenas diferindo na distância*
*em que a si mesmos se consomem.*

(Tia Admirança)

Estou na margem do rio, contemplando as mulheres que se banham. Respeitam a tradição: antes de entrar na água, cada uma delas pede permissão ao rio:

— *Dá licença?*

Que silêncio lhes responde, autorizando que se afundem na corrente? Não é apenas a língua local que eu desconheço. São esses outros idiomas que me faltam para entender Luar-do-Chão. Para falar com minha mãe, que vai fluindo, ondeada, até ser foz.

As mulheres me olham, provocantes. Ou provoquentes, como diria o Avô. Parecem não ter pudor. Os seios desnudados não são, para elas, uma intimidade com merecimento de vergonha.

Não se estão apenas divertindo. Estão cumprindo a cerimónia que o nganga ordenou para que a terra voltasse a abrir. A maldição que tombara sobre a nossa Ilha só podia ser vencida por esforço de todos. Em todo lado, os ilhéus enviavam sinais de entendimento com os deuses.

À volta da cintura as mulheres trazem atado um cordel benzido. Só nesta margem lhes é permitido banhar. No outro lado, foi onde se deu a tragédia. O rio, nessa orla, ficou interditado para todo o sempre.

O sucedido infortúnio surge já distante, apagado pelos risos das mulheres que se vão peixando na corrente. Vou amolecendo naquela mornança quando um clamor nos sobressalta a todos. As mulheres saem correndo, algumas esquecidas de se cobrir com as capulanas. É meu Tio Abstinêncio que surge, correndo em pânico. Engole umas lufadas e grita:

— *Venham, aconteceu uma coisa grave! Há um incêndio no cais!*

Corremos pelos trilhos, embalados pela inclinação da colina. Junto ao cais, a multidão se agita, em efervescência. Uma embarcação carregada de troncos estava ardendo no cais. É o barco de passageiros em que viajei. Está todo ateado, dir-se-ia constituído só por chamas.

— *Há feridos?*

— *Só o Tio Ultímio.*

— *Ultímio? Ele estava no barco?*

— *Queimou-se quando tentava apagar o fogo.*

— *É grave?*

Não se sabia. Tinha sido levado para casa, estava sendo tratado por Amílcar Mascarenha. Meu pai me fez sinal que esperasse enquanto ele ia examinar a ocorrência. Quem sabe ainda se carecesse de ajudas?

Fico sentado no cais a assistir ao reflexo das chamas na água, num silencioso desdobrar de luz. Abstinêncio se aproxima e se acomoda junto a mim. O suspiro lhe vem quase do chão:

— *Foi bem feito!*

Essa era a sua certeza: o incêndio era punição, vingança divina. Estavam desmatando tudo, até a floresta sagrada tinham abatido. A Ilha estava quase dessombreada. O administrador tinha mão no negócio, junto com o Tio Ultímio e outra gente graúda da capital. Usavam o barco público para privados carregamentos de madeiras e deixavam passageiros por transportar sempre que lhes aprouvesse. Às vezes, até doentes ficavam por evacuar. No tempo colonial Mariavilhosa não tinha tido acesso ao barco por motivos de sua raça. Hoje excluíam-se passageiros por outras razões.

— *Mas, Tio, a companhia de navegação não é do Estado?*

— *E então?*

Abstinêncio tinha sido advertido por reclamar separação de negócios privados e actividades públicas. Foi despedido quando exigiu maior clareza nos dinheiros.

Aproveito a ausência de meu pai para esclarecer as denúncias que ainda há pouco escutara.

— *Tio, me diga uma coisa: meu pai falou de um caso de drogas e do assassinato de Juca Sabão. Ele disse que isso explica tudo o que aqui está passando.*

— *Seu pai está delirando. Esses gajos que mataram Juca foram presos. Foram julgados e estão cumprindo penas.*

— *Mas não é verdade que desapareceu uma pistola da esquadra?*

— *Isso é verdade. Mas o que é que isso prova? Os culpados confessaram, eram tipos cadastrados.*

— *Mas, então, porquê meu pai mantém essa versão?*

— *Ele sempre desejou dar uso à arma. Aquilo lhe ficou das guerras. Seu pai acha que tudo se resolve assim.*

Fulano Malta achava que o mundo estava tão torto que para um homem ser bom não podia ser justo. Abstinêncio tinha outra explicação, sem enredo sinuoso: o que se passava agora era outra coisa.

— *Vê aquelas chamas espelhadas no rio? Acha que aquilo é apenas um barco que está a arder?*

Tudo está sendo queimado pela cobiça dos novos-ricos. É isso que sucede em sua opinião. A Ilha é um barco que funciona às avessas. Flutua porque tem peso. Tem gente feliz, tem árvore, tem bicho e chão parideiro. Quando tudo isso lhe for tirado, a Ilha se afunda.

— *A Ilha é o barco, nós somos o rio.*

Somos interrompidos por meu pai que regressa do cais, trazendo uma mão cheia de cinzas que recolheu dos restos do incêndio. Vai espalhar esses pós sobre a terra, ainda penso. Mas não. Fulano esfrega as palmas das mãos nos meus cabelos. Resisto. O que era aquilo? Por que me untava a cabeça de cinza? Meu pai diz que é para meu bem, para afastar maus espíritos.

Depois, ainda ficamos olhando o cais. O incêndio está agora completamente esmorecido. Como tudo se consome num pestanejar, penso em voz alta. Fulano Malta parece adivinhar-me o pensamento:

— *O que perdemos acontece depressa.*

— *Não sei se estou de acordo* — argumenta meu tio.

— *Veja um filho. Sem darmos conta, um filho nos sai de casa.*

Decidimos voltar para Nyumba-Kaya. Ultímio está cheio de dores. Rodeamos a cama, seguindo os movimentos do médico. Abstinêncio decide quebrar o silêncio. Dirige-se a meu pai:

— *Sabe, Fulano? Assim, em redor desta cama e com Ultímio sofrendo, sabe o que me faz lembrar?*

— *É verdade, mano. Eu estava sentindo o mesmo.*

Ultímio não se recorda. Era ele ainda criança quando sofreu um acidente grave e a família passou a noite em claro, vigiando o seu estado.

— *Você esteve mesmo na berma da morte.*

Ultímio tombara sobre ferros pontudos enquanto pescava na plataforma, junto ao cais. Quase se esvaíra, tanto o sangue que perdera antes de ser recolhido.

— *Sabe quem o salvou?*

Ultímio não tem ideia. Abstinêncio martela palavra a palavra, num lento versar:

— *Foi um branco, meu irmão.*

Quem o salvou foi um indivíduo de raça branca, um anónimo que passava pela Ilha. Foi ele quem lhe deu sangue, sangue em quantidade para reabastecer o inteiro corpo, como se fosse um segundo nascimento.

— *Metade do seu sangue é de branco.*

Ultímio nega, ajuntados os pés, cruzados os dedos. Primeiro ri-se. Depois, se faz sério e pede a Abstinêncio que confirme:

— *Você, o mais velho, comprova?*

— *É verdade, sim, Ultímio.*

— *Não acredito. Isso me dizem agora, que estou traumartirizado.*

E fica rezingando até que Fulano, Abstinêncio e Amílcar se retiram. Combinámos que eu permaneceria no quarto até amanhecer, tomando conta do tio. Me enruguei todo numa cadeira, olhando o luar lá fora. Nunca na cidade a lua ganha tais curvas e re-quebros. Já me amolento, meio emborcado em sono, quando as palavras de Ultímio me surpreendem:

— *Gostava que você fosse meu filho, Mariano.*

Até as pernas me tombaram. Nunca esperei que tal frase pudesse provir daquele meu tio. Não me acode palavra nem pensamento. É o Tio que regressa às falas:

— *Não sou pessoa feliz, sobrinho. Meus filhos, eu nem sei onde eles foram buscar aquelas maneiras...*

— *Eles não costumam vir aqui, pois não?*

— *Meus filhos não podem voltar a Luar-do--Chão. Nunca mais podem voltar.*

— *Não podem, porquê?*

— *Lembra Juca Sabão? Pois há quem pense que foram meus filhos que o balearam.*

Silêncio. Apenas se escuta a ventoinha no tecto.

— *E o Tio o que é que pensa?*

— *O que eu penso? Eu sou pai, Mariano. Um pai que gostaria de ter um filho como você.*

De novo, o rodopiar da ventoinha é o único e solitário ruído. Parece que o próprio tempo vai girando de encontro ao tecto. Como se o futuro ali se enroscasse, sem saída. Às tantas, Ultímio se queixa, dolorido. Faço-lhe chegar um copo de água mais os prescritos remédios. Ele se acalma, gemendo progressivamente mais baixo. Aos poucos, ambos adormecemos.

Pela manhã, o médico vem mudar os pensos. Fico sentado, a assistir. Enquanto Amílcar Mascarenha se ocupa dos curativos, Ultímio vai falando:

— *Esta noite nem dormi com essa história do sangue. É verdade, doutor, que me deram sangue de branco?*

— *Não sei o que é isso.*

— *Não sabe o que é o quê?*

— *Sangue de branco.*

Ultímio se arruma melhor na cama, soerguendo--se sobre as almofadas. Recusa a ajuda do médico, recupera o fôlego e, de novo, se dirige a Mascarenha:

— *Eu gosto de si. Mas o meu ódio por si é muito mais antigo que eu.*

— *Está falar de mim ou de minha raça?*

— *Lamento, doutor, mas, para mim, você é a sua raça.*

— *Não se preocupe, Ultímio: eu vou voltar para a capital. Você pode ficar descansado.*

— *Você vai embora?*

— *Vou, sim.*

Ultímio volta a remexer-se no leito. Qualquer coisa se quebrou no fundo dos seus olhos. A sua voz parece ter perdido todo o brilho:

— *Não, não vá. Fique. Eu lhe peço, Mascarenha.*

— *Já não é de um médico que vocês precisam.*

— *Mas fique, eu peço.*

Mascarenha faz que não ouve e arruma os seus apetrechos numa caixa. Entretanto, Ultímio rectifica o tom implorativo e readquire os ares de mandador:

— *Aliás, você, Mascarenha, nem pode partir, agora que o barco ardeu.*

— *Um outro barco há-de haver.*

## Capítulo dezanove

## A FARDA DEVOLVIDA

*Quando já não havia outra tinta no mundo*
*o poeta usou do seu próprio sangue.*
*Não dispondo de papel,*
*ele escreveu no próprio corpo.*
*Assim,*
*nasceu a voz,*
*o rio em si mesmo ancorado.*
*Como o sangue: sem foz nem nascente.*

(Lenda de Luar-do-Chão)

Em Luar-do-Chão não se bate à porta, por respeito. Quem bate à porta já entrou. E já entrou nesse espaço privado que é o quintal, o recinto mais íntimo de qualquer casa. Por isso, à entrada do quintal de meu pai eu bato palmas e grito:

— *Dá licença?*

Estou visitando Fulano Malta por mando do Avô Mariano. Em poucas linhas ele me instruiu: *vá ao quarto de desarrumos e procure uma caixa preta que está na prateleira de cima. Leve essa mala a meu filho Fulano.*

Eis-me, pois, sobraçando a mala, esperando que meu pai me acene da varanda. E lá vem ele, limpando o rosto na manga da camisola. Franze os olhos, esgravatando na luz a ver se venho sozinho. Entro no quarto, meus pés escolhendo entre a desarrumação da sala. Antes de me sentar, passo a mala para seus braços sonolentos.

— *Foi o Avô que mandou entregar.*

Não parece espantado pelo póstumo daquela ordem. Sua intriga é com o conteúdo. Toma o peso, chocalha o conteúdo.

— *Vou abrir!*

O anunciar do acto é sinal que está indeciso. Pretende a minha cumplicidade. Abre. Dentro está uma farda, a sua velha farda de guerrilheiro. A sua reacção é violenta, levanta-se, todo esbravejado:

— *Não quero isso. Não quero mais essa porcaria.*

— *Pronto, pai. Não fique assim.*

— *Onde é que ele arranjou isso?*

Encolho os ombros enquanto ele avoluma a reclamação. O que iria fazer com aquilo? Negócio com o Museu da Revolução? Reclamar privilégios, apropriar-se de terras? Fazer o quê? E quem me mandou abrir armários, desses onde se guardam os passados? Devia, sim, ter aprendido com ele que não esventrava gaveta. Porque ele, Fulano Malta, estava avisado: há armários que se abrem e saem de lá estremunhados vapores, cacimbos cheios de agouros.

Mantenho-me calado, esperando que ele esfrie. Assim sucede. Fulano senta-se, de olhar vazio no uniforme derramado pelo chão. Olha para mim como se eu fosse estranho.

— *Seu Avô não me queria deixar partir para a guerrilha. Agora, manda-me isto de volta?!*

Fazia trinta anos que meu pai anunciara que iria fugir e juntar-se à luta de libertação. Eu ainda não era nascido. A reunião foi a três: meu pai, minha mãe e o Avô Mariano. Minha mãe fungava, em resignação. A reacção do mais-velho foi de descrença. Que esses que diziam querer mudar o mundo pretendiam apenas usar da nossa ingenuidade para se tornarem nos novos patrões. A injustiça apenas mudava de turno.

— *Não é que eu não tenha fé na humanidade. Deixei foi de acreditar nos homens. Entende?*

E falou. O velho Mariano falou, argumentando tudo por extenso. Que o mundo não mudaria por disparo. A mudança requeria outras pólvoras, dessas que explodem tão manso dentro de nós que se revelam apenas por um imperceptível pestanejar do pensamento.

— *Se quer mudar o mundo tem um mundo inteiro para ser mudado aqui, em Luar-do-Chão.*

— *Eu vou, pai.*

E a razão da sua decisão estava ali consumada num simples panfleto que ele tirou de um saco, todo enrodilhado. Aproximou-se da luz do xipefo e leu, tudo soletrado:

— *«Não basta que seja pura e justa a nossa causa. É preciso que a pureza e a justiça existam dentro de nós.»*

— *Esse que escreveu isso é um homem bom. Mas está sozinho.*

E Fulano prosseguiu, puxando a corda da razão. Que os descontentes todos se haviam unido e estavam movendo o mundo para um outro futuro.

— *Tenho medo desse futuro, meu filho. Um futuro feito por descontentes?*

O Avô se erguera, confiante em suas razões. Ele já tinha visto os homens. E aqueles não eram diferentes dos que ele conhecera antes. Começamos por pensar que são heróis. Em seguida, aceitamos que são patriotas. Mais tarde, que são homens de negócios. Por fim, que não passam de ladrões.

— *Nem todos são assim, pai.*

— *A maior parte, meu filho. A maior parte...*

— *Para mim basta que haja apenas um que seja puro.*

Falaram assim há trinta anos. Meu pai lembra o episódio como se ainda medisse contas com seu velho pai. Tudo aquilo recorda em voz alta. Mas não fala para mim. Dirige-se para a farda, derramada no chão. Tento aliviar tristeza, ofereço ombro para repartir peso.

— *O Avô é assim, o senhor já sabe.*

— *Isso é verdade. Esse Mariano, ninguém aguenta zangar-se com ele.*

— *O pai acredita que ele morreu ao tirar a fotografia?*

— *Ora, ele morreu?*

— *Bem, que tenha ficado assim, como está...*

Não tinha certeza. Talvez esse findamento tivesse início antes, na véspera do fatídico retrato. Entre os maneirismos de Mariano havia esse que era ele nunca usar o guarda-fato para pendurar o seu único fato escuro. Pendurava-o num gancho do tecto como se faz com as roupas nas palhotas, lá no campo. A todos nós aquilo fazia espécie: com armários embutidos na parede, varões e cabides a descontar pelos dedos, que sentido fazia manter roupa suspensa do tecto?

— *É que, assim, evito dobra e previno amarrotos.*

— *Ora, pai!..*

— *Além do mais, dessa maneira, o fato apanha as brisas.*

Nenhuma roupa pode ficar imóvel, envelhecendo no escuro. Exposta à luz, aquela indumentária se animava pelas aragens. Quando isso sucedia, o Avô ficava embevecido a olhar o movimento do vestuário, em fantasmagórico balanço. E ele, então, dizia:

— *Lá vão minhas vestes passeando.*

Quando nessa tarde o velho Mariano pediu que o ajudassem a despendurar o fato lá do prego, um susto calafriou a família. Vestiu-o à frente de todos. E nunca mais o tirou.

— *Então, pai, não se desabotoa?*

— *Amanhã vamos tirar a fotografia, com a família toda. Assim, já se ganha tempo.*

E dormiu vestido. O arrepio cresceu pela casa inteira. Como se soubéssemos que ele se estava despedindo, já envergando suas indumentárias finais. Porque o usual nele, nestes últimos tempos, era o desleixo. Às vezes, até saía para a rua de pijama. A Avó muito se afligia. Mas ele respondia:

— *Se a morte é um sono então eu já vou trajado nas conveniências.*

Meu pai sorri, encantado com a lembrança. Poderíamos ficar ali uma eternidade evocando episódios do mais-velho. Mas faz-se tarde e Fulano Malta já me acompanha à porta. Traz na mão a boina de guerrilheiro, com uma estrela vermelha costurada.

— *Quer?*

Antes que eu responda ele lança-me o barrete militar. Ajeito-o na cabeça, por ironia. Meu pai nem sequer sorri. Olha para mim, mas não me vê. Está ausente, levado pela tristeza. Ele que tanto lutara por criar um mundo novo, acabou por não ter mundo nenhum.

— *Minha tristeza, lhe confesso, é nunca ter sido pai.*

— *Não me teve a mim?*

— *Ah, sim, claro. Não ligue...*

*Capítulo vinte*

# A REVELAÇÃO

*Cada um descobre o seu anjo
tendo um caso com o demónio.*

(Avô Mariano)

— *Onde é que encontrou essa boina?*

Desde que eu visitara meu pai, me esquecera do boné enterrado na cabeça. A Avó Dulcineusa espreita o adorno com desconfiança. Reconhecia-o?

— *Encontrei isto no quarto de arrumos.*

Que quarto de arrumos? Esse que eu chamava de quarto de arrumos há·muito que estava vazio, aberto aos ratos.

— *Como não há quarto? Se a Avó me entregou as chaves, eram até as únicas chaves que serviam.*

— *Depois sou eu que estou louca?! Esse quarto nem porta tem, nem soalho nem nada.*

Como eu teimasse, ela me conduziu ao lugar. Dulcineusa, afinal, estava certa. Não existia porta e as tábuas do chão haviam sido arrancadas. Umas traves soltas, como ossos descarnados, era tudo o que restava. Meus olhos zonzearam pelo corredor a reclamar certeza. Só podia ser aquele o compartimento onde eu ardera de amores, onde desencantara roupas e lembranças de roupas.

— *Mas, Avó, eu tenho a certeza...*

— *Venha, meu neto. Venha, que lhe faço um chá.*

Bate-me com a mão na testa, como que em consolo de uma tonteira. Espontaneia a larga e bem fermentada gargalhada. Há muito que não via Dulcineusa tão satisfeita. Cantarola e dança pelos corredores. Só um nome floresce em sua boca: Mariano, Mariano, Mariano. Reclama que se tem encontrado com ele, me agradece o ter adiado o funeral do desfalecido marido.

— *Nem imagina, Marianinho! Tem sido melhor que antes, quando éramos vivos.*

— *A Avó é viva, não esqueça.*

— *Eu estou como ele, nem a meio nem a metade. Só sei que ele agora é meu, só meu.*

— *E Miserinha? Há um tempo que não a vejo.*

— *Miserinha foi, voltou para casa dela.*

A nossa visitante se despedira uns dias antes. A gorda chegou à sala e anunciou a intenção de abandonar Nyumba-Kaya.

Se arrastou para a sala fúnebre e ali, com permissão de Dulcineusa, beijou o Avô na fronte dizendo:

— *Obrigado, Mariano. Lhe agradeço. Mas fico melhor no meu escuro, lá no meu canto!*

Depois, rasgou um pedaço do lençol onde o Avô jazia. Levou esse pano rasgado para costurar e recosturar lembranças em sua casa.

A saída de Miserinha acabava reconfortando Dulcineusa. Ela estava sozinha, sem competir com a sua antiga rival. A Avó redescobrira os amores exclusivos do seu Mariano.

Depois do chá, saio para a lagoa Tzivondzene. É lá que estão enterrados os líquidos restos de minha mãe e meu pequeno irmão. Na borda da água nada assinala o local do enterro. Sentei-me ali, no

calado da tarde. E relembro minha mãe, Dona Mariavilhosa. Agora, eu sabia a sua história e isso era
como que um punhal em minha consciência. Como
pudera eu estar tão desatento ao seu sofrimento?
A vida de Mariavilhosa se tinha infernizado desde
que lhe sucedera o nado-morto. Passara a ser uma
mulher condenada, portadora de má sorte e vigiada
pelos outros para não espalhar sua sina pela vila.
O menino desnascido era um ximuku, um afogado.
É assim que chamam aos que nascem sem vida.
Meu irmãozito nascera sem dizer nada, trouxera um
segredo que levara com ele.

Minha mãe ficara em estado de impureza. Meu
pai se opusera ao completo exercício da tradição.
Todavia, dentro dele havia ainda alguma resistência
a virar página sobre os antigos preceitos. Mariavilhosa estava interdita de pegar em comida. Evitava
entrar na cozinha. O simples segurar de um prato a
obrigava a purificar as mãos. Dizia-se que devia
«queimar» as mãos. Aquecia os braços numa chama
da fogueira para que os laivos da desgraça não
conspurcassem os alimentos. Devido a essa exclu-
são da cozinha eu não me recordava dela, rodopiando com as demais mulheres junto ao fogão. Até no
falar ela seguira o tradicional mandamento. Mariavilhosa falava baixo, tão baixo que nem a si se escutava. Não mais ela ajudou nos campos. Sua impureza
podia manchar a terra inteira e afligir a fecundidade
das machambas. Minha mãe acabara sucumbindo
como o velho navio de carga. Transportava dema-
siada tristeza para se manter flutuando.

Um pássaro-martelo rodopia sobre mim. Pousa e
se aproxima, sem medo. Fica-me olhando, sereno
como se eu lhe fosse familiar. Me apetece tocar-lhe
mas me guardo, imóvel. Ele se anicha em seu pró-

prio corpo, parece adormecido. Fecho os olhos, afrouxado naquela quietude. Quando me levanto e, pé ante pé, tento despertar o pássaro, ele se conserva imóvel. Estaria adoentado, ainda me ocorreu. Um pássaro adoece? Ou desmorona-se logo na morte, sem enfermidade pelo meio? Encorajado pela atitude da ave acabo tocando-lhe, num leve roçar dos dedos. É então que do corpo do mangondzwane se libertam dezenas de outras aves semelhantes, num deflagrar de asas, bicos e penas. E o bando, em espesso cortejo, se afasta, renteando o rio Madzimi, lá onde minha mãe se converteu em água.

Volto a casa, já anoitece. Procuro Dulcineusa, quero-lhe contar o sucedido com a ave dos presságios. Não está no quarto nem na cozinha. Surpreendo-a na sala deitada no escuro com o Avô. Está de costas, ainda meio despida. A blusa está desabotoada e as costas nuas luzem, gotejadas de suor. Parecem ter acabado de ter relações. A Avó ainda está ofegante. Receio que fique ali, ao rigor do frio e do cacimbo. Chamo-a, com carinho:

— *Avó Dulcineusa!*

Lentamente ela se vira. Um choque quase me atira ao chão. Não é Dulcineusa. É minha Tia Admirança! E sua ofegação não resulta de cansaço. Ela está chorando. Mãos nas mãos, dedos num entrelaço cego. Chora junto de Mariano.

— *Esse homem, você não sabe quanto eu o amei!.. Quanto eu o amo.*

— *O Avô?*

— *Esse homem não é seu Avô, Mariano.*

Ergue-se e sai chorando. Fico no escuro, vazio de ideia, deserto de sentimento. Mariano não era meu avô? Teria eu escutado bem? Ou a Tia estaria já contaminada pela morte que pairava em casa?

A sombra do pássaro-martelo atravessa o chão da minha alma.

Regresso ao quarto e sento na mesa. À minha frente, olho a folha em branco. Nada está nela escrito. Alguma vez terá havido realmente qualquer palavra escrita? Seguro a caneta. O desejo arde em minhas mãos mas, ao mesmo tempo, o medo me paralisa. É um receio profundo de que qualquer coisa esteja desabando. Começo escrevendo, a mão obedece a uma voz antiga enquanto vou redigindo:

*Desculpe sua Tia. Mas eu careço de lhe fazer uma revelação: Admirança foi a mulher em minha vida. Não foi Dulcineusa, nem Miserinha, nem nenhuma. Foi ela, minha Admirança. Ela é muito mais nova que a irmã Dulcineusa. Quando casei, ela estava longe de ser mulher. Era menina, a mais nova das irmãs de Dulcineusa. Depois, foi completando formas, enchendo-se de redondeada polpa. Não imagina como ela detinha belezas! Vivia connosco, em nossa casa, e Dulcineusa nem suspeitava como sua irmã recheava meu coração e apaladava meus sonhos.*

*Dimira, assim eu lhe chamava. Minha Dimira que eu sempre tanto desejei! Em miúda, ela se costumava meter numa canoa e subir o rio. Nas noites sem luar, Admirança empurrava a embarcação até quase não ter pé. Depois saltava para dentro da canoa e, à medida que se afastava, ia despindo suas roupas. Uma por uma, as lançava na água e as vestes, empurradas pela corrente, vinham ter à margem. Desse modo, eu sabia quando ela já estava inteiramente nua. Sucedia, porém, quando eu deixava de vislumbrar a canoa, perdida que estava na distância. Não vendo, eu adivinhava a sua nu-*

*dez e prometia que, um dia, aquela mulher me per-
tenceria. E era como se, naquele instante, uma luz
abrisse o ventre da escuridão. Eu era o acendedor
das noites.*

*Não houve lua nova que eu não ficasse na mar-
gem espreitando sua invisível presença, entre as ne
blinas do rio. Certa vez me alertaram: um crocodilo fora visto no encalço da canoa. O bicho, assim
me disseram, seria de alguém. Imaginava mesmo
de quem seria: de Miserinha. A mulher detinha poderes. Por ciúme destinava a morte na sua rival
Admirança, nos remansos do Madzimi. Esbaforido
corri para junto de Miserinha. E lhe dei ordem que
suspendesse o feitiço. Ela negou. A dizer verdade,
nem me ouviu. Estava possuída, guiando o mons-
tro perante a escuridão. Não consegui me conter:
lhe bati na nuca com um pau de pilão. Ela tombou, de pronto, como um peso rasgado. Quando
despertou, me olhou como se não me visse. O golpe
lhe tinha roubado a visão. Miserinha passou a ver
sombras. Nunca mais poderia conduzir o seu crocodilo pelas águas do rio.*

*Pensei que Miserinha me passaria a odiar. No
dia seguinte, ela se despediu de nossa casa. Puxou-
-me para um canto e me perguntou:*

— *Está com medo de minha vingança?*

— *Eu sei que a senhora tem poderes...*

— *Não receie, Mariano. Um homem que ama
assim só pode inspirar respeito nas outras mulheres!*

*Naquela noite regressei ao rio e encontrei Admi-
rança ainda no bote. Ela acreditou que eu vinha
para propósitos de corpo e beijo. Mas eu, mal entrei
na embarcação, me prostrei como que de joelhos e
lhe pedi se podia dormir ali com ela. Dormir, sem
mais demais. Que eu nunca havia dormido com*

*mulher nenhuma. Ela me olhou, espantada, como se a ausência do luar me escangalhasse o juízo. E estendeu a mão, ajudando-me a deitar, todo estendido no barquito. No embalo da ondulação acabei adormecendo.*

*Admirança, entretanto, foi mandada para Lualua, onde havia uma missão católica. Nós nos encontrávamos lá, não havia mês que não o fizéssemos. Foi assim que ela engravidou. E não podia. Pensei, rápido, num modo de sanar o pecado. Pedi a Mariavilhosa, sua mãe, que fizesse de conta que estava grávida. Se ela fingisse bem, os xicuembos lhe dariam, mais tarde, um filho verdadeiro. Sua mãe fingiu tão bem, que a barriga lhe foi crescendo.*

*Sua mãe aumentava de um vazio. Seu pai sorria, todo saciado. E até ela mesma acreditava estar dando guarida a um novo rebento. Na missão de Lualua, entretanto, nascia um menino do ventre de Admirança. Trouxemos o pequeno bebé na encobertura da noite e fizemos de conta que se dava um parto na casa grande, em Nyumba-Kaya. Até seu pai chorou, crente de que o vindouro era genuíno fruto de seu sangue.*

*Mas com o tempo o menino cresceu, foi ganhando feições. Admirança definhava só ao pensar que esse moço ia revelando a identidade do pai verdadeiro. Ela me suplicou que deixasse esse seu filho sair da Ilha. Ele que crescesse fora, longe das vistas. E longe de sua culpa. E o menino foi mandado para a cidade. Lá se fez homem, um homem acertado no sentimento. Esse homem é você, Mariano. Admirança é sua mãe.*

*Foi esta mentira que fechou a terra, fazendo com que o chão negasse receber-me. Mas não foi apenas esta impostura. Há outro assunto, outra vergonha em minha vida. Quase nem me resta coragem para confessar. Mas sei que devo fazer, colocar tudo isso em letra que seja sua. Só assim lavarei sombras da minha existência.*

*E prossigo na ordem dos tempos. Como sabe, Fulano Malta, esse que se acredita ser seu pai, voltou da guerrilha trazendo duas pistolas. Ele as guardava como lembrança de um tempo. Aquilo tinha valor de vida sonhada. Uma noite encontrei o esconderijo dessas armas, por baixo de umas velhas tábuas. Fui lá e rapinei uma pistola. O que fazer com essa arma, eu não sabia. Mas tinha a certeza que ela me traria dinheiro para urgentes precisões. Falei então com meus netos, os filhos de Ultímio. Nessa altura, eles ainda viviam na cidade, foi antes de partirem para o estrangeiro. Me haviam dito que eles se entortaram para maldades, assaltavam carros e casas lá na cidade. Chamei-os a Luar-do-Chão e lhes vendi a arma mais as respectivas munições. Eles me pagaram pronto, tudo fechado, sem boca nem ouvido. Segredo de sangue, assunto de família.*

*Sabe o que suspeito? Que essa mesma arma foi a que matou meu amigo Juca Sabão. Com certeza ele foi desensaboado com ajuda de minha ganância. Pois aconteceu que, ao lado do corpo de Sabão, encontraram a arma, a mesma arma que era de meu filho Fulano. Levaram a pistola para a esquadra. Nessa noite eu não apanhava o devido sono, devorado pelo pensamento. Podia deixar cair suspeita sobre os meus próprios netos? Ou sobre Fulano, dono da arma? Trairia minha própria família para que se fizesse justiça sobre o meu amigo?*

*Não fiz outra coisa: assaltei a esquadra e apanhei a arma, de escondido. Lancei-a no rio nessa mesma noite. Sucedeu, porém, o que eu nunca po-*

*deria prever: em lugar de se afundar, a pistola ficou flutuando, animada por um rodopio como que em infernoso redemoinho. E de repente, como se houvesse um invisível dedo percutindo o gatilho, se deflagraram tiros apontados às nuvens. Relâmpagos ainda sulcavam os céus quando regressei, em debandada, para Nyumba-Kaya.*

*Todo este tempo me condisse uma benzida ignorância sobre quem matou. Preferia assim: acreditar no que disseram os tribunais, ficar de bem com as aparências. Mas essa ilusão nunca me apaziguou. Nem a mim nem aos meus antepassados que residem no chão do tempo. A terra não aceita o espinho dessa mentira. Agora, deito esta mágoa na folha, como se rasgasse o silêncio em que guardei essa má lembrança.*

*Pergunto-lhe, meu filho Mariano: matei Juca, também eu? Talvez. Ou, quem sabe, todos nós ajudámos nesse crime, por consentimento de silêncio? O que eu devia ter feito era vencer o medo e sair pelo mundo a relatar o testemunhado. Entregar-me como ocultador de provas. Mas não. Mandado fui por minhas inferioridades. Você sabe: homem cobarde transpira mesmo dentro da água. Dobrei-me sob o peso desse rebate de consciência. Lembre de mim essa vergonha e cresça por cima de minha fraqueza. Como um degrau que, para si, desenhei em minhas costas.*

*Depois disto, sim, eu posso, em estreada vez, assinar de pulso aberto e por extenso:*

*Dito Mariano, seu pai*

*PS: Me leve agora para o rio. Já chegou o meu tempo. Peça a Curozero que lhe ajude. Não quero mais ninguém lá. Nem parente, nem amigo. Ninguém. Lembra onde foram enterrados as águas de sua mãe e o corpo de seu pequeno irmão, o pré-falecido? Junto à lagoa que nunca seca. Pois eu quero ser enterrado junto ao rio. Pergunte ao coveiro Curozero, ele lhe dirá. É lá que deverei ser enterrado. Eu sou um mal-morrido. Já viu chover nestes dias? Pois sou eu que estou travando a chuva. Por minha culpa, a lua, mãe da chuva, perdeu a sua gravidez.*

*Sabe, Marianito? Quando você nasceu eu lhe chamei de «água». Mesmo antes de ter nome de gente, essa foi a•primeira palavra que lhe deitei: madzi. E agora lhe chamo outra vez de «água». Sim, você é a água que me prossegue, onda sucedida em onda, na corrente do viver.*

*Já passou o meu momento. Você está aqui, a casa está sossegada, a família está aprontada. Já me despedi de mim, nem eu me preciso. Vai ver que, agora, se vão desamarrar as águas, lá no alto das nuvens. Vai ver mais como a terra se voltará a abrir, oferecida como um ventre onde tudo nasce. Já sou um falecido inteiro, sem peso de mentira, sem culpa de falsidade.*

*Me faça um favor: meta no meu túmulo as cartas que escrevi, deposite-as sobre o meu corpo. Faz conta me ocuparei em ler nessa minha nova casa. Vou ler a si, não a mim. Afinal, tudo o que escrevi foi por segunda mão. A sua mão, a sua letra, me deu voz. Não foi senão você que redigiu estes manuscritos. E não fui eu que ditei sozinho. Foi a voz da terra, o sotaque do rio. O quanto lembrei veio de antes de ter nascido. Como essa estrela já morta que ainda vemos por atraso de luz. Dentro de mim, até já esse brilho esmoreceu. Agora, estou autorizado a ser noite.*

*Depois disto, vá chamar Curozero Muando. E le-*
*vem-me para o rio. Aproveitemos a madrugada que*
*é boa hora para se nascer.*

Lá fora, a noite está perdendo espessura. Salto o
muro da casa, olho para trás e, não cabendo em
meu espanto, o que vejo? O telhado da sala já refei-
to. A casa já não se defendia do luto. Nyumba-Kaya
estava curada da morte.

Uma azulação no horizonte revela o amanhecer.
Encontro Curozero Muando saindo de sua casa.
Com uma pá às costas ele caminha na minha direc-
ção:

— *Eu sabia, eu sabia que você me vinha cha-*
*mar! Vamos rápido que, agora, ninguém nos pode*
*ver.*

No segredo do escuro, trazemos o falecido para
o rio. Me assombra como não tem peso o Avô Mariano. Levamos o corpo para o rio, enrolado em seu
velho lençol. Lá onde o Madzimi se encurva, quase
arrependido, Curozero fez paragem.

— *É aqui!*

— *Vamos deitá-lo na corrente?*

Não. O Avô vai ser enterrado na margem, onde
o chão é basto e fofo. Curozero levanta areia às
pazadas com tais facilidades que seu acto perde realidade. Começa a chover assim que descemos o Avô
à terra. Conservo as cartas em minhas mãos. Mas as
folhas tombam antes de as conseguir atirar para
dentro da cova.

— *Curozero, ajude-me a apanhar esses papéis.*

— *Quais papéis?*

Só eu vejo as folhas esvoando, caindo e se aden-
trando no solo. Como é possível que o coveiro seja
cego para tão visíveis acontecências? Vou apanhan-

do as cartas uma por uma. É então que reparo: as letras se esbatem, aguadas, e o papel se empapa, desfazendo-se num nada. Num ápice, meus dedos folheiam ausências.

— *Quais papéis?* — insiste Curozero.

Respondo num gesto calado, de mãos vazias. O coveiro salpica com água as paredes do buraco. Cobrimos a sepultura de terra. Muando, descalço, pisoteia o chão, alisando a areia. Em seguida, por cima da campa espalha uns pés de ubuku, dessas ervas que só crescem junto ao rio. No fim, entrega--me um caniço e ordena que o espete na cabeceira da tumba. Foi um caniço que fez nascer o Homem. Estamos repetindo a origem do mundo. Afundo a cana bravia na areia. Como uma bandeira, o caniço parece envaidecido, apontando o poente.

— *Agora lavemo-nos nas águas do rio.*

Mergulhamos nas águas. Não sei do que nos lavamos. Para mim, o rio, de tão sujo, só nos pode conspurcar. Todavia, cumpro o ritual, preceito a preceito. Limpamo-nos no mesmo pano. Em seguida, Curozero segura um pedaço de capim a arder e o agita apontando os quatro pontos cardeais.

— *Seu Avô está abrindo os ventos. A chuva está solta, a terra vai conceber.*

*Capítulo vinte e um*


# A CHAVE DE CHUVA


*Eis o que eu aprendi*
*nesses vales*
*onde se afundam os poentes:*
*afinal, tudo são luzes*
*e a gente se acende é nos outros.*
*A vida é um fogo,*
*nós somos suas breves incandescências.*

(Fala de João Celestioso ao regressar
do outro lado da montanha)

Desde o funeral que não pára de chover. Nos campos, a água é tanta que os charcos se cogumelam, aos milhares. Poeiras brancas ondulam à tona de água. Parece que a terra vomita esses pós brancos que, por descálculo, Juca Sabão teve a fatal ideia de semear. Quem disse que a terra engole sem nunca cuspir?

Sob a chuva, vou percorrendo a Ilha. As roupas, molhadas, me pesam tanto que parece que elas é que me usam a mim. Uma estranha força me conduz, fosse eu pela mão de um destino. Meu rumo é certo: vou a casa de Miserinha. Espreito pela janela: ela lá está, a fingir que vai costurando, no mesmo velho cadeirão. Reconheço o pano: é o pedaço de mortalha que ela rasgou na última visita a seu amado Mariano. Dessa porção ela pretende refazer o todo. Até de novo se deitar nesse lençol e marejar em infinitas ondas.

A gorda parece ter dado por minha presença. Pergunta «quem está?» e eu, para não a desassossegar, me apresento. Ela sorri e manda que eu entre no penumbroso quartinho.

— *Você está com o passo mais leve* — comenta.
— *Isso é um caminhar de anjo.*

E se inclina para retirar algo por baixo do assento. É o lenço colorido que ela trazia quando a encontrei na viagem de barco para Luar-do-Chão.

— *Esse lenço tinha caído no rio. Como é que está aqui, Miserinha?*

— *Tudo o que tomba no rio é arrastado até mim.*

— *Não diga que quem arrasta é o crocodilo?*

— *Qual crocodilo?* — pergunta Miserinha soltando uma gargalhada. E acrescenta, sem interrupção:
— *Você já está a acreditar de mais nessas histórias da Ilha...*

Espreito o lençol em suas mãos. As linhas se cruzam num confuso emaranhado. Ao fim e ao cabo, pouco diferindo do seu viver. Agita o lenço que me oferecera para protecção dos espíritos:

— *Você já não mais precisa do serviço deste pano, Marianito.*

Conversamos ninharias, apenas para o tempo nos dar importância. À despedida, Miserinha me agradece o ter-se reconciliado com a casa grande e despedido de Mariano. Quando se referiu ao Avô ela disse: «o meu Mariano». E fica repetindo «meu Mariano» enquanto dedilha a costura no pano, fosse uma cicratiz em sua memória. Transponho em silêncio a porta, deixando a velha senhora entretida com suas sombras.

Passo pela varanda de Fulano Malta. Hei-de sempre chamar esse homem de «pai». A casa está vazia. Onde teria ido o antigo guerrilheiro? Me aproximo da gaiola. Ainda imagino dentro um passarinho: a porta aberta e o bicho ali, por sua vontade e risco. Cumprindo-se o sagrado e apostado. A gaiola convertida de prisão em casa, a ave residindo sem perder asa.

Ruídos me alertam, no quintal. Meu antigo pai surge das traseiras com sua velha farda de guerrilheiro. Rimo-nos.

— *Está treinando, pai?*

— *Esta farda já não me serve. Veja lá...*

Encolhe a barriga a ver se ainda há ajuste, redondo no redondo.

— *Está celebrar o quê?*

— *Celebrar? Só se for celebrar a vida.*

Senta-se no degrau. Desaperta os botões do casaco para se estender melhor.

— *Lembra-se daquela vez em que lhe visitei lá na cidade?*

Admite que me tenha causado vergonhas. Mas eu deveria entender: ele nunca tinha vivido. A cidade era um território dos outros que ele muito invejava. E que lhe dava a suspeita que o tempo era um barco que partia sempre sem ele. Na margem onde ele restava já só havia despedidas.

— *O pai não me envergonhou. Eu até fiquei aguardando que voltasse.*

E rimo-nos. Vejo que ainda faz tenção de me abraçar mas, no último instante, corrige o gesto. Anuncio a partida, sacudindo as calças com as duas mãos.

— *Espere. Não vá sem levar isto!*

Fulano Malta levanta-se e vai buscar um saco de pano. Arrasta-o pelo chão, a mostrar que ali se esconde volume e peso.

— *O que é isso, pai?*

— *Abra e logo verá.*

Puxo o atilho e abro o saco. Eram os livros, meus desaparecidos livros de estudo. Há anos que ele os guardara. Há anos que suportara culpa dessa mentira que ele mesmo criara: os meus manuais nunca tinham sido lançados no rio Madzimi.

— *Agora, pai, quem os vai atirar ao rio sou eu.*

Ele acha graça. Mas seu riso esvanece e o lábio se encurva em desenho triste. Sabia o motivo de eu estar ali. Era a despedida. Por fim, ele me abraça.

— *Agora que você me estava a ensinar...*

— *Ensinar o quê?*

— *A ser pai.*

No desabraço, o casaco dele tomba. Ainda me debrucei para o apanhar. Mas ele me segura o gesto. Que deixasse, aquela era a última vez daquela farda.

Ainda olho para trás. Fulano esperava, certamente, que eu o fizesse. Pois ele está acenando a chamar-me a atenção. Pega na gaiola e lança-a no ar. A gaiola se desfigura, ante o meu espanto, e se vai convertendo em pássaro. Já toda ave, ela reganha os céus e se extingue. Não mais me dói ver o quanto aquilo se parece com esse pesadelo em que a casa levanta voo e se esbate, nuvem entre nuvens.

Regresso a Nyumba-Kaya. A cozinha se enche de luminosidade e, junto ao fogão, estão sentadas a Avó Dulcineusa e a Tia Admirança. Estão contemplando o álbum de família.

— *Venha, Mariano, venha ver.*

Desta feita, o álbum está cheio de fotografias. E lá está o velho Mariano, lá está Dulcineusa recebendo prendas. E no meio de tudo, entre as tantíssimas imagens, consta uma fotografia minha nos braços de Admirança.

— *Olha nós dois, Mariano.*

Levanta o braço para me dar a mão. Quero falar mas reparo que não consigo chamá-la de «mãe».

Abraço-a como se fosse agora que eu chegasse a casa. A Avó nos interrompe:

— *Deixem-se disso, nem parecem tia e sobrinho. Mariano, veja mas é o que seu Avô Mariano me deixou.*

E estende a mão. Num dedo um anel ganha brilhos de astro. O anel é tão evidente que, por instante, seus dedos quase parecem recompostos, finos e completos. Dulcineusa sente que estou de partida e me ordena:

— *Não esqueça de regar a casa quando sair.*

A casa tinha reconquistado raízes. Fazia sentido, agora, aliviá-la das securas. Admirança se levanta, me segura as mãos e fala em suspiro como se estivesse em recinto sagrado.

— *Já falámos com Fulano, ele vai-se mudar para aqui, para Nyumba-Kaya. Ficamos guardadas, fique descansado. E a casa fica guardada também.*

Pega-me nas mãos e inspecciona-me as unhas. Nelas carrego terra, a areia escura do rio. Mesmo assim, Admirança me beija as mãos. Tento retirar os braços do seu alcance, salvando-a das sujidades.

— *Deixe, Mariano. Essa terra é abençoada.*

— *Mãe?*

— *Não, sua mãe morreu. Nunca esqueça.*

Beijo-a na testa, em despedida. Vou, de vago, como que em errância de nenhum caminho haver. Outras visitas devo ainda cumprir. A caminho de casa de meu tio mais velho. O percurso se abre à minha frente como se obedecesse a uma torrente interior e a paisagem se irrealizasse em cenários sobrenaturais. Me encaminho para casa de Abstinêncio. Pela janela vislumbro o que parece ser uma festa. Escuta-se música. O Tio regressou às vidas?

Espreito e sorrio. Afinal, não é uma dessas suas costumeiras orgias. Não há senão um par rodopiando na sala. Abstinêncio está dançando, afivelando a parceira num abraço firme. Dança com quem? Me empino sobre os pés para descortinar quem emparelha com meu tio. É quando enxergo: não há ninguém senão ele. Abstinêncio dança com um vestido. Esse mesmo: o velho vestido de Dona Conceição Lopes.

Retiro-me pé ante pé para não roubar sonho. Mas Abstinêncio vê-me pela janela e sai à porta. Chama-me.

— *Meu sobrinho, estou feliz. É que Dona Conceição está aqui comigo, mudou-se para Luar-do--Chão.*

— *Já vi, já vi!*

— *Conceição está tão orgulhosa de mim!*

— *Ai sim, Tio?*

— *É que eu não aguentei, contei-lhe tudo.*

— *Contou o quê?*

— *Que fui eu que lancei fogo no barco de Ultímio. Fui eu.*

Um dedo nos lábios me pede cumplicidade. Abstinêncio me segreda ainda mais: havia falado com seu irmão Fulano Malta e iriam todos morar na Nyumba-Kaya. Agora, ele já poderia sair, visitar o mundo. Estava de bem consigo, aplacados seus medos mais antigos. Um riso de menino lhe serve de desculpa para ter que reentrar. Lá dentro, ele é esperado. O expediente de um gesto mal medido serve de adeus.

E é por esse mundo, agora já aumentado, que vou prosseguindo. Nunca a Ilha me pareceu tão extensa, semelhando ser maior que o próprio rio. Desço a encosta até que vejo Ultímio sentado no paredão do cais. Está olhando a outra margem do rio. As faixas que lhe cobrem as queimaduras parecem amarfanhá-lo por dentro. Dir-se-ia que esperava por mim, falando de costas, sem se virar:

— *Estou à espera do barco. Vou para a cidade.*

— *Vai sair, Tio?*

— *Vou. Mas volto logo para tratar da compra de Nyumba-Kaya.*

— *O Tio não entendeu que não pode comprar a casa velha?*

— *Pois, escute bem, eu vou comprar com meu dinheiro. Essa casa vai ser minha.*

— *Essa casa nunca será sua, Tio Ultímio.*

— *Ai não?! E porquê, posso saber?*

— *Porque essa casa sou eu mesmo. O senhor vai ter que me comprar a mim para ganhar posse da casa. E para isso, Tio Ultímio, para isso nenhum dinheiro é bastante.*

A minha reacção causa-lhe espanto. E é legítimo. Se eu mesmo não me reconheço, enfrentando assim com todo o peito um parente mais velho. Ultímio estala a língua no céu-da-boca, a revelar o quanto está contrariado.

— *Você pensa que somos a geração da traição. Pois você verá a geração que se segue. Eu sei o que estou a falar...*

— *Isso que chama de geração, eu também sou dessa geração.*

Enquanto me afasto, ele permanece sentado, olhar abatido nas águas do rio. Vou a uns passos, quando me chama:

— *Mariano!*

— *Diga, Tio.*

— *Seu Avô teve razão em escolher a si! Você é um verdadeiro Malilane.*

Um tractor se aproxima. Quem o conduz, para

meu espanto, é o coveiro Curozero Muando. Quando me vê tem alguma dificuldade em travar o veículo e mais ainda em desligar o motor. A máquina resvala na berma e imobiliza-se de encontro a uns arbustos. Do alto daquele improvisado trono o coveiro fala:

— *Já viu-me? Agora, trabalho para seu Tio Ultímio!*

O meu abastado tio lhe dera emprego, acrescido de mil promessas. Ele deveria comandar o abate das árvores, em troca receberia boas vantagens. Nem sei o que pensar, este Curozero Muando que parecia ser tão digno, com a memória triste do assassinato de seu pai, aceitava agora ser mandado por Ultímio. Curozero se defende:

— *Você já sabe, Mariano: cabrito come onde está amarrado.*

— *Você é uma pessoa. Não é um cabrito.*

— *Quem sabe até atiro abaixo aquela maçaniqueira onde o seu Avô adormeceu? Aquilo ainda deve valer uns cobres, não?*

Ri-se. Que estava a brincar, me diz. Então? Já perdi o humor?, me pergunta. Vira e revira o volante em infantil diversão. Depois me fita, todo sério. Eu não entendera o alcance. No intervalo dos carregamentos das madeiras, quanto negócio poderia ele fazer, em privados biscates? Tudo em informal segredo. Os maiores privatizam o pedaço menor. Uns são comidos pela pobreza, outros são engolidos pela riqueza.

Cansado, interrompo:

— *E sua irmã Nyembeti?*

Era ela quem o iria substituir no cemitério. A irmã, durante anos, aprendera os segredos da profissão. Tinha sido preparada, no corpo e na alma.

— *Vá lá, ao cemitério. Por acaso, ela até perguntou por si.*

— *Perguntou?*

— *Quer dizer, você sabe como ela diz coisas sem falar nada.*

De novo, põe em marcha o tractor. E ganda-ganda-ganda, o tractor se afasta nesse compasso que lhe deu nome na língua de Luar-do-Chão. O ruído do ganda-ganda se vai tornando longínquo enquanto me afasto rumo ao cemitério. Antes me afligia o não haver cidade, esquina com esquina, o ângulo recto dos caminhos. Agora onde lanço o olhar só quero ver o mato. Nada de relva, canteiros, ajardinados. Só quero é o arbusto espontâneo, a moita silvestre, a árvore que ninguém semeou, o chão que ninguém pode sujar nem pilhar.

Chego ao cemitério. Um arbusto se agita, ruidoso. Salto, assustado. Um pássaro-martelo levanta voo. Passa por mim rondando, curioso. Espreito-lhe o bico a certificar se vai carregado. A lenda diz que o pássaro retira ossos das sepulturas, que voa carregado de panos, unhas e dentes. E até uma tíbia lhe serve de travesseiro. Mas esta ave vai limpa e se afasta cantando. Até que o céu dissolve o bicho voador.

O cemitério está deserto. Grito por Nyembeti. Escuto a sua voz, num abafo. Olho em volta, não se vê ninguém. A voz dela vem do fundo da terra. A bela moça se converteu numa raiz? Ou, pior: numa alma depenada? Vou andando entre as campas até que descubro: Nyembeti está no fundo de uma inacabada sepultura. Está cavando, a uns dois metros de profundidade.

— *Como é, Nyembeti, a terra já não está fechada?*

Ela acena afirmativamente e, para reforçar, esfarela areia por entre os dedos. Essa era a grande notícia. O chão se abrira, o céu se desabotoara. Razão tinha a ave pressageira.

— *Essa sepultura é para quem?*

Nyembeti encolheu os ombros. Nem ideia fazia. Quem sabe para ela mesma, triste e só? Lhe apetecera escavar, assim, para desvanecer melancolias. Sem mais razão.

A coveira pede-me que chegue à berma do grande buraco. Quando me aproximo sou atacado de vertigem, uma zonzura me escurece e me apercebo vagamente que me despenho nos abismos. Já longe da claridade sinto que a coveira me puxa para o fundo da sepultura e ali, sob a areia que tomba, ela se lança sobre mim. Estou deitado de costas, Nyembeti se recorta em contraluz. O céu é um escasso rectângulo. Parece a falha no telhado de nossa casa grande. É isso, então: aquela é a minha derradeira residência e aquele buraco lá em cima é o ausentado tecto por onde a casa respira. E não vejo mais. Estou cego, o escuro toma conta de mim, as trevas penetram em meus ouvidos e em todos os meus sentidos. Ainda sinto a nudez de Nyembeti se ajustar sobre o meu corpo. A última coisa que confirmo: não há quente como o da boca. Não há incêndio que chegue à febre dos corpos se amando.

Acordo, sem consciência de quanto tempo estive ausente. Nyembeti está sentada e me passa um pano molhado pelo rosto. Sorrio. Uma vaga lembrança de um riso de menino se desenha, em névoa: eu brincando no fundo da cova com uma outra criança. A recordação não refaz o rosto e eu estou demasiado cansado para retocar esse fantasma.

Estendo o pano e Nyembeti espreme-o sobre o peito. Vejo a água se encarreirar, em missangas, sobre o peito dela. E me pergunto: estarei condenado a amar aquela mulher apenas na vertigem do sonho? Afinal, entendo: eu não podia possuir aquela mulher enquanto não tomasse posse daquela terra. Nyembeti era Luar-do-Chão.

*Capítulo vinte e dois*

## A ÚLTIMA CARTA

*Sou como a palavra:*
*minha grandeza é onde nunca toquei.*

(Avô Mariano)

Estou deitado sob a grande maçaniqueira na margem do Madzimi. Aqui o rio se adoça, em redondo cotovelo, num quase arrependimento. Esta é a árvore onde o Avô Mariano vinha espraiar preguiças. Chamo-lhe «Avô» e sei agora que ele é meu pai. Para mim, Dito Mariano será sempre meu avô. E é assim, antigo e eterno, que o recordo deitando-se sob as ramadas da maçaniqueira. Recostado sobre o tempo, o velho Mariano ajudava a ensopar o poente. Consoante ele dizia: a tarde é o sonolento bicho, necessita de lugar macio e húmido onde cair. O enterro do sol, como o do vivente mal-morrido, requer terra molhada, areia fecundada pelo rio que tudo faz nascer.

Sob a grande sombra não me dói a ausência do mais-velho dos Marianos. Sinto falta, sim, da nossa secreta correspondência. Aquelas cartas me fizeram nascer um avô mais próximo, mais a jeito de ser meu. Pela sua grafia em meus dedos ele se estreava como pai e eu renascia em outra vida.

As cartas instalavam em mim o sentimento de estar transgredindo a minha humana condição. Os manuscritos de Mariano cumpriam o meu mais intenso sonho. Afinal, a maior aspiração do homem não é voar. É visitar o mundo dos mortos e regressar, vivo, ao território dos vivos. Eu me tinha convertido num viajante entre esses mundos, escapando-me por estradas ocultas e misteriosas neblinas. Não era só João Celestioso que tinha ultrapassado a última montanha. Eu também tinha estado lá.

Já não me importa esclarecer o modo como Mariano redigira aquelas linhas. Eu queria apenas prolongar esse devaneio. Deitado sob a maçaniqueira, a brisa se faz audível nos ramos que me dão sombra. Cai uma larga folha sobre o meu peito. Toco-a como se acariciasse as mãos do Avô. Aos poucos, o verde se entontece e a folha empalidece, tombando num desmaio. Apanho-a do chão. Já não é folha mas papel. E as nervuras são linhas e letras. Nos meus dedos estremece a última carta de Dito Mariano:

*Meu neto,*

*Agora sabe onde me há-de visitar. Já não necessito de lhe escrever por caligrafada palavra. Falaremos aqui, nesta sombra onde ganho dimensão, corpo renascendo em outro corpo. Você, meu neto, cumpriu o ciclo das visitas. E visitou casa, terra, homem, rio: o mesmo ser, só diferindo em nome. Há um rio que nasce dentro de nós, corre por dentro da casa e desagua não no mar, mas na terra. Esse rio uns chamam de vida.*

*Esta é a última visitação. Desta vez já não haverá mais cartas. Não careceremos de nos visitar por esses caminhos. De assim para sim: nesta sombra que, afinal, só há dentro de si, você alcança a outra margem, além do rio, por detrás do tempo.*

*Todos necessitam de grandes causas, precisam de ter pátria, ter Deus. Eu não. Me bastou ter esta árvore. Não é dessas de se domesticar em jardim. Esta árvore, tal como eu, não tem cultura ensinada. Aprendeu apenas da embrutecida seiva. O que ela sabe vem do rio Madzimi. Longe do rio, a maçaniqueira morre. É isso que a faz divina. Foi por isso que sempre rezei sob esta sombra. Para aprender de sua eternidade, ganhar um coração de longo alcance. E me aprontar a nascer de novo, em semente e chuva.*

*Venha aqui e se deite. Verá que o dormir, nesta berma, se faz da mais funda indolência. Agora, eu já durmo além do sono. Dormir é um rio, um rio feito só de curva e remanso. Deus está na margem, vigiando de sua janela. E invejando o irmos, infinitos, vidas afora. Vem daí o cansaço de Deus. Esse Deus do Padre Nunes se consome na desconfiança. Há séculos que Ele deve controlar a sua obra, com seu regimento de anjos. O nosso Deus não necessita de presença. Se ausentou quando fez a sua obra, seguro de sua perfeição.*

*Lhe contei tudo sobre sua família, desfiei histórias, desfiz o laço da mentira. Agora, já não arrisco ser emboscado por segredo. O caçador lança fogo no capim por onde vai caminhando. Eu faço o mesmo com o passado. O tempo para trás eu o vou matando. Não quero isso atrás de mim, sei de criaturas que se alojam lá, nos tempos já revirados.*

*Por fim, me libertei dessa sonolência que me prendia ao lençol da mesa grande. Não acredita como me cansava aquela sala, como me fatigavam os visitantes que não paravam de chegar, fingindo tristezas. Onde estavam quando eu ainda era todo vivo e careci de amparo? Por que se juntaram, agora, em mostruário de choros e rezas? Não lhe parecia muito meio para pouco fim? Eu lhe respondo: o medo. É por isso que vieram. Tinham medo não da morte, mas do morto que eu agora sou. Temiam os poderes que ganhei atravessando a última fronteira. Medo que eu não lhes trouxesse as boas harmonias. Foi isso que troquei consigo, meu neto. Chamo-o assim de «meu neto» mas é uma fraqueza de expressão. Você é meu filho. Meu maior filho pois nasceu de um amor sem medida. Por isso, não o escolhi para cerimoniar a minha passagem para a outra margem. Você se escolheu sozinho, a vida escreveu no seu nome o meu próprio nome.*

*Nestes manuscritos me fui limpando de mim. Esses que me velavam sofriam de um engano: aquele, em cima do lençol, se parecia comigo. Mas não era eu. O morto era outro, em outro fim de vida. Eu apenas estou usando a morte para viver. Você, meu filho, você disse o certo: a morte é a cicatriz de uma ferida nunca havida, a lembrança de uma nossa já apagada existência.*

*Nestes dias, deitado naquela sala sem telhado, fui contemplado por luas e por estrelas. Às vezes, me descia um frio sem remédio. Me chegavam visões de uma fundura: o abismo que nenhuma ave nunca cruzou. E eu tombando, tombando sempre. Da rocha para a pedra, da pedra para o grão, do grão para a funda cova do nada. Mas depois eu sentia-o chegar, meu filho, e a minha cabeça dedilhava em sua mão: e você escrevia as minhas cartas. Me sustinha a simples certeza: a mim ninguém, nunca, me iria enterrar. E assim veio a suceder. Fui eu, por meu passo, que me encaminhei para a terra. E me deitei como faz a tarde no amolecido chão do rio. Mais antigo que o tempo. Mais longe que o último horizonte. Lá onde nenhuma casa alguma vez engravidou o chão.*

# Glossário

**Assimilado**: estatuto criado pelo sistema colonial para diferenciar aqueles que assumiam a cultura portuguesa.

**Bazuca**: garrafa de cerveja de tamanho grande.

**Canhoeiro**: árvore da fruta nkanhu de onde se extrai a bebida usada em cerimónias tradicionais do Sul de Moçambique. Nome científico: *Sclerocarya birrea.*

**Cimbire**: árvore de porte médio, cuja madeira, resistente ao caruncho tem, por isso, grande utilização. Nome científico: *Androstachys johnsonii.*

**Famba**: Vai-te embora!

**Maçaniqueira**: árvore da maçanica, cujo fruto é vulgarmente designado por maçã-da-índia. Nome científico: *Zizyphus mauritania.*

**Mafurreira**: árvore de onde se extrai o óleo de mafurra. Nome científico: *Trichilia emetica.*

**Mulungo**: branco.

**Muti**: tradicional aglomerado de casas de um mesmo grupo familiar, nas zonas rurais de Moçambique.

**Nganga**: feiticeiro.

**Satanhoco**: maldito; malandro.

**Xará**: pessoa que tem o mesmo nome que outra (aquilo a que vulgarmente chamamos «homónimo»).

**Xicuembo**: feitiço; antepassados divinizados pela família.

**Xipefo**: lamparina a petróleo.